Verena

*Für Christine, Birgit und Angela in
Erinnerung an viele schöne Stunden.*

Juergen von Rehberg

Verena

Die Liebe überwindet
selbst die höchsten Berge

*Bibliografische Information der Deutschen National-
bibliothek:*
*Die Deutsche Nationalbibliothek verzeichnet diese
Publikation in der Deutschen Nationalbibliografie;
detaillierte bibliografische Daten sind im Internet
über http://dnb.dnb.de abrufbar.*

*Herstellung und Verlag: BoD – Books on Demand,
Norderstedt*

ISBN: *978-3-8448-0612-0*

Ein seltsames Gefühl beschlich Sebastian, als er vor der „Villa Aurora" stand. Das Bild seiner Erinnerung deckte sich mit dem, was er gerade sah. Es war als würde er eine Zeitreise in die Vergangenheit machen.

Er stand vor dem schmiedeeisernen Tor, hinter welchem der Weg von der Straße hinauf in einen kleinen Park führte, an dessen Ende eine wunderschöne zweigeschossige Villa in "Kaisergelber" Farbe zu erkennen war.

Dieses erdige rötliche Gelb - auch bekannt als "Schönbrunner Gelb" ist ein Relikt aus der k.u.k Zeit und war bis ins 20. Jahrhundert hinein das Markenzeichen der Monarchie.

Zuerst hat es das gehobene Bürgertum übernommen und das Bauerntum schloss sich unversehens an. So war es und so ist es bis heute geblieben, dass dieses besondere Gelb in den Köpfen der Menschen verhaftet geblieben ist.

Die vorgebaute, überdachte Holzterrasse war grün angestrichen und fügte sich wunderbar in das Gebäude ein. Und über der Terrasse prangte in großen Lettern der Name des Gebäudes: "Villa Aurora".

Das Gebäude war das Elternhaus von Franziska Seidel, deren Eltern die Villa einst erstanden hatten. Franziskas Vater, Ottokar Wörner, war Antiquar und hatte - nach dem ersten Weltkrieg - die Villa zu einem günstigen Preis gekauft.

Als Sebastian die Klingel betätigen wollte, die rechts von der Tür in dem gemauerten Türstock eingelassen war, stutzte er. In seiner Erinnerung waren es zwei Klingelknöpfe für die beiden Stockwerke. Der obere für Maria Wörner, Franziskas Mutter und der untere für die Familie Seidel. Seidel war der Name, den Franziska nach der Eheschließung mit Bernhard Seidel angenommen hatte.

Sebastian wunderte sich, als er nur einen Klingelknopf entdeckte und auf diesem stand weder der Name "Wörner" noch "Seidel".

Sollte die Villa verkauft worden sein? Oder warum stand da jetzt "Dornheim" auf dem Klingelschild?

Sebastian wollte sich schon abwenden, beschloss aber dann doch anzuläuten. Der Türsummer ertönte und gab den Eintritt in den Park frei.

Er stieg die fünf Stufen hinauf und ging dann auf dem mit Kies beschütteten Weg in Richtung Eingangstüre. Jeder Schritt verursachte ein Geräusch, das er als äußerst unangenehm empfand.

Als er schon fast bei der Eingangstür angelangt war, öffnete sich die Tür und eine ältere Frau streckte den Kopf heraus.

"Wer sind Sie und was wollen Sie?" fragte ihn eine mürrische Stimme und Sebastian erschrak. So fremd ihm diese Frau war so vertraut war ihm der Klang ihrer Stimme. Es war Franziska. Es war die Frau, mit der ihn so viele schöne Erinnerungen verband.

"Guten Tag, Franzi! Ich bin es; Sebastian!"

"Ich kenne keinen Sebastian! Und jetzt verschwinden Sie, bevor ich die Polizei rufe!"

Sebastian war von der Situation völlig überrumpelt. Er wusste nicht, wie er darauf reagieren sollte. Wie es schien, war diese Frau völlig verwirrt und hatte mit der lebensfrohen Franzi, wie sie ihm in Erinnerung war, nichts mehr zu tun.

"Wer ist denn da?" ertönte eine Stimme aus dem Hintergrund.

"Niemand! Ein Hausierer oder Bettler. Ich habe schon die Polizei gerufen!"

Sebastian hörte ein komisches Geräusch und kurz darauf erkannte er, was es war. Es war das Summen eines Elektromotors, der als Antrieb für einen Rollstuhl diente.

"Hallo Sebastian!"

Die Frau im Rollstuhl erkannte den Besucher sofort. Es war Verena, eine der beiden Töchter von Franziska.

"Hallo Verena!"

Als Sebastian dieses sagte, schnürte es ihm beinahe die Kehle zu. Er hört das Blut in seinen Ohren rauschen und am liebsten wäre er umgekehrt und davon gerannt.

"Das ist aber eine Überraschung! Willst du nicht herein kommen?"

Sebastian zögerte noch mit der Antwort, als Franziska sich abwandte und im Gehen laut rief:

"Ich muss jetzt zur Sprechstunde. Gib dem Mann Geld und dann soll er gefälligst verschwinden!"

"Was meint Franzi damit?" fragte Sebastian erstaunt.

"Sie muss jetzt dringend zu Dr. Freimuth", antwortete Verena mit einem spitzbübischen Lächeln, was Sebastian aber nicht wirklich auffiel.

"Ist sie krank?" fragte Sebastian besorgt.

"Ja; aber das hast du ja sicher schon bemerkt. Franzi ist dement."

Dass Verena ihre Mutter "Franzi" nannte, überraschte Sebastian. Das hätte sie vor fünfundzwanzig Jahren nicht gemacht. So lange war es her, dass Sebastian zum letzten Mal hier war.

"Ich habe es mir gedacht und es tut mir sehr leid! Und jetzt muss sie zur Untersuchung? Wohnt der Arzt etwa auch hier im Haus?"

Diese Frage verursachte ein lautes und herzliches Lachen bei Verena. Erstaunlich, wenn man bedenkt, dass diese junge Frau in einem Rollstuhl saß.

10

"Nein, nein", sagte Verena, *"die Sprechstunden von Dr. Freimuth finden im Fernsehen statt. Und Franzi versäumt keine davon. Es ist die bekannte TV-Soap „Der Nächste bitte" mit Marc George in der Hauptrolle. Du hast sicher schon davon gehört."*

"Habe ich nicht. Das ist nicht unbedingt meine Welt", sagte Sebastian fast entschuldigend.

Jetzt gewann das Geschehene allmählich an Klarheit und legte sich schwer auf Sebastians Gemüt.

"Jetzt komm doch erst einmal herein, sonst glauben die Nachbarn am Ende noch, dass du wirklich ein Hausierer oder Bettler bist!"

"Gibt es das Ehepaar Hauser denn noch?" fragte Sebastian im Hineingehen. Sie wohnten linkerhand von der Villa und kümmerten sich um den Park und das Haus, wenn Franzi mit der Familie manchmal nicht da war.

"Die Frau Hauser lebt noch; aber ihr Mann ist vor ein paar Jahren verstorben. Er war ja um einiges älter als sie."

"Ich kann mich noch gut an sie erinnern. Nette und liebenswerte Menschen..."

Sebastian und Verena waren im Wohnzimmer angelangt. Es hatte sich in all den Jahren nicht wirklich viel verändert. Alles war Sebastian sehr vertraut.

"Möchtest du einen Kaffee?" fragte Verena.

"Ja gern! Kann ich dir irgendwie helfen?

"Das nicht; aber wenn du mich in die Küche begleiten möchtest, dann können wir weiter plaudern."

Verena fuhr in die Küche und die Art, wie sie das tat, verriet Sebastian, dass ihre Behinderung schon länger zurück liegen musste.

"Bist du gar nicht neugierig?" fragte Verena, während sie geschickt den Kaffee zubereitete.

"Was meinst du?" antwortete Sebastian und hätte sich im selben Augenblick die Zunge abbeißen können.

Verena legte den Kopf auf die Seite, sah Sebastian lächelnd an, so als hätte sie seine Gedanken lesen können.

"Entschuldige bitte, Verena, das war gerade etwas ungeschickt von mir."

"Das macht nichts. Du bist nicht der erste und du wirst sicher nicht der letzte sein, der bei meinem Anblick befangen ist."

Sebastian spürte, wie ihn eine tiefe Bewunderung für diese Frau erfasste. Er musste daran denken, wie ernsthaft Verena als Mädchen war. Ganz im Gegensatz zu ihrer älteren Schwester Dorothea.

Sie war der Wirbelwind in der Familie und der Liebling ihres Vaters. Wahrscheinlich weil sie genau so ein "Bruder Leichtfuß" war wie er.

Und trotzdem hielten die beiden Schwestern zusammen wie Pech und Schwefel. Auch dann noch, als Franzi ihren Gatten in die Wüste schickte, weil er einmal zu viel dem Reiz holder Weiblichkeit erlegen war.

Bernhard Seidel, seines Zeichens Immobilienmakler, konnte nicht umhin bei manchen Damen, denen er ein Objekt vermittelt hatte, das Schlafzimmer auf dessen Tauglichkeit zu prüfen.

Und dabei stellte er sich nicht gerade sehr geschickt an. Speziell, was die Diskretion dabei betraf. Und irgendwann war das Maß eben voll und die Scheidungsklage die unweigerliche Konsequenz.

"So, der Kaffee ist fertig. Hilfst du mir bitte beim Hineintragen?"

Verena hatte Sebastian aus seinen Gedanken gerissen. Er nahm das Tablett und trug es ins Wohnzimmer und Verena folgte ihm mit summendem Ton, ausgehend von ihrem Gefährt.

Sie hatten kaum Platz genommen, da ging die Tür auf und Franzi kam herein. Sie schaute sich um, so als suchte sie etwas und dann bemerkte sie Sebastian.

"Hallo Basti! Wie geht es den Eltern und was macht dein Studium?"

Noch bevor Sebastian reagieren konnte, antwortete Verena:

"Stell dir vor, Sebastian hat seine letzte Prüfung bestanden und spielt demnächst bei den Wiener Philharmonikern vor. Ist das nicht toll?"

Franziska hielt einen Moment inne, so als wäre sie erstarrt und sagte dann:

"Ja, ja, der Basti. Ich habe es ja schon immer gesagt, der hat Talent. Er könnte uns ruhig wieder einmal besuchen!"

Als Franziska den Raum verließ, war sie schon wieder in ihre andere Welt hinüber gewechselt.

"Wie lange hat sie das schon?"

Sebastian empfand eine gewisse Peinlichkeit ob der unbeholfenen Art, wie er diese Frage gestellt hatte.

"Die Demenz ist noch im Anfangsstadium. Franzi hat immer wieder einmal lichte Momente. Da will man gar nicht glauben, dass sie diese schreckliche Krankheit hat. Aber die Krankheit schreitet langsam voran und irgendwann wird sie in der anderen Welt bleiben."

Sebastian fiel auf, dass Verena den Ausdruck "andere Welt" verwendet hatte. Es war eine liebevolle Bezeichnung für den geistigen Zustand eines Menschen, der das Leben liebte und ihm stets mit voller Kraft begegnet war.

Und die Art, wie Verena Sebastian die Krankheit ihrer Mutter erklärte, berührte ihn sehr.

"Begonnen hatte es schon bald nach meinem Unfall", fuhr Verena fort. *"Die Tatsache, dass ich gelähmt sein würde und die kurz davor vollzogene Scheidung von Bernhard hat sie nicht verkraftet."*

Verena hatte nicht "Vater" oder "Papa" gesagt. Sie verwendete stattdessen den Vornamen ihres Vaters.

"Haben das die Ärzte gesagt, dass das der Auslöser für die Demenz war?" fragte Sebastian.

"Nein! Im Gegenteil! Sie leugnen jeden kausalen Zusammenhang. Aber ich denke, dass es so ist!"

Sebastian wollte Verena bedeuten, dass er auch nicht glaubte, dass ihr Unfall der Auslöser war, beließ es aber bei einem betretenen Schweigen.

"Du hast mich noch immer nicht gefragt, warum ich in diesem tollen Gerät sitze", befreite Verena Sebastian aus seiner Verlegenheit.

"Wenn es dir nicht unangenehm ist, darüber zu reden, dann würde ich es schon gerne wissen!"

Und dann erzählte Verena ihre Geschichte. Sie war jung verheiratet und wollte mit ihrem Mann auf dem

Motorrad in den Urlaub fahren, als sie mit einem betrunkener Autofahrer kollidierten.

Verenas Mann war sofort tot und Verena schwer verletzt. Sie wurde in ein künstliches Koma versetzt und als sie nach Wochen daraus erwachte, war sie von der Hüfte an abwärts gelähmt.

Wie so oft, blieb der Autofahrer weitgehend unverletzt. Er wurde rechtskräftig zu einer Gefängnisstrafe verurteilt. Verena bekam aus dem Gefängnis heraus mehrere Briefe von dem Unfallverursacher, die sie jedoch alle ungeöffnet zurück schickte.

Während Verena Sebastian dies erzählte, sah er ihr zum ersten Mal anhaltend in ihr Gesicht. Bis dahin hatte er es vermieden. Wohl aus einer großen Unsicherheit heraus.

Er sah das Mädchen, das er vor vielen Jahren zum letzten Mal gesehen hatte. Es hatte sich nicht wirklich verändert. Er sah ihre langen, rotbraunen Haare, ihre jadegrünen Augen und ihre vielen, kleinen Sommersprossen. Die einzige Veränderung bestand darin, dass dieses Mädchen zu einer wunderschönen Frau gereift war.

Verena musste bemerkt haben, wie Sebastian sie ansah.

"Was schaust du mich so an?" fragte sie.

"Entschuldige bitte! Mir ist gerade aufgefallen, wie wunderschön du bist!"

Verena lächelte und Sebastian glaubte zu bemerken, dass Verenas Gesicht kurzfristig errötet war.

"Danke für dein liebes Kompliment!"

"Es ist mehr als das; es ist die Wahrheit!"

Verena, der Sebastians Bemerkung sichtlich unangenehm war, sagte: *"Jetzt bist du dran! Erzähle, was der erfolgreiche Künstler so macht!"*

"Nun, ich nehme an, das weißt du ja schon aus den Gazetten!" antwortete Sebastian.

"Ich weiß jetzt gerade nicht, was du meinst", entgegnete Verena fragend.

"Dann werde ich dir das wohl erzählen müssen!"

Sebastian, der nach seinem Studium am Mozarteum in Salzburg eine Weltkarriere begann, spielte in allen großen Häusern der Welt.

Er konzertierte in der Carnegie Hall, New York ebenso erfolgreich wie in der St. Petersburger Philharmonie oder in der Bridgewater Hall in Manchester. Man nannte ihn zurecht den "österreichischen Paganini".

Sebastians große Leidenschaft - außer dem Geigenspiel - war von Jugend an das Segeln. Er pflegte sie, so oft es ging, obwohl ihm seine Versicherung in einer Klausel jeglichen Sport verboten hatte.

Und das Schicksal wollte es, dass ihm seine Leidenschaft zum Verhängnis wurde. Als er mit einem guten Freund - entgegen allen Warnungen - mit dem Boot aufs Wasser ging, um den viel zu starken Wind zu trotzen, passierte es.

Bei einer Wende schlug der Flaschenzug mit großer Wucht gegen seine linke Hand und brach ihm drei seiner Mittelhandknochen.

Da es sich um einen offenen Bruch handelte, musste Sebastian operiert werden. Mithilfe der Physiotherapie wurde die Beweglichkeit der Hand wieder völlig hergestellt.

Sebastian konnte zwar wieder Geige spielen, aber sein eigener Anspruch verbot es ihm an großen Häusern zu gastieren. Er begnügte sich mit kleinen privaten Konzerten und engagierte sich in der Nachwuchsarbeit.

"So, jetzt weißt du, was ich so treibe", beendete Sebastian seine Lebensgeschichte und lächelte Verena dabei zu.

"Das tut mir sehr leid für dich", sagte Verena, *"das habe ich nicht gewusst. Das ist ja schrecklich!"*

"Das muss dir nicht leid tun, liebe Verena, das ist doch unbedeutend im Vergleich zu deinem Schicksal! Ich habe jetzt viel mehr Zeit die Dinge zu tun, für die ich früher keine Zeit hatte. Und das Leben, so wie es jetzt ist, gefällt mir recht gut. Vor allem, wenn ich

bedenke, dass ich dir gerade jetzt gegenüber sitze und mit dir plaudern kann."

"Das freut mich, mein Lieber! Und jetzt hören wir auf einander zu bedauern. Es ist wie es ist und wir machen das Beste daraus. Meinst du nicht auch?"

"So wollen wir es halten, liebe Verena. Ich danke dir sehr und ich freue mich über die Maßen, dass ich hier bin!"

Als Sebastian dies sagte, glaubte er wieder ein leichtes Erröten in Verenas Gesicht zu bemerken. Es war ein magischer Moment und zwischen den Beiden geschah etwas, das noch zu unklar war, um es benennen zu können.

"Wo wohnst du jetzt und warum kommst du ausgerechnet jetzt nach Bad Ischl?"

Den ersten Teil der Frage zu beantworten fiel Sebastian leicht; aber beim zweiten zögerte er ein wenig.

"Ich wohne jetzt in Salzburg. Was den Grund betrifft, warum ich heute gekommen bin; da bin ich mir selbst nicht so recht im Klaren."

Verena sah Sebastian an. Sie hatte schon als Mädchen für diesen Mann geschwärmt, obwohl er doch um einiges älter war als sie.

"Vielleicht aus Sentimentalität. Ich habe viele Stunden mit lieben Menschen hier verbracht. Einer davon warst übrigens du, liebe Verena!"

Wie gern wäre Verena jetzt aufgestanden, wäre Sebastian um den Hals gefallen und hätte ihm ihre Gefühle offenbart.

Aber nicht nur, dass es körperlich unmöglich war, war es für Verena auch vollkommen unvorstellbar, dass ein gesunder, erfolgreicher Mann, dem die Frauen zu Füßen lagen, an einer Frau im Rollstuhl Gefallen finden könnte.

"Wie sieht es mit der Liebe aus? Bist du mit jemandem liiert?"

Mit dieser Frage entfloh Verena ihren eigenen Gedanken.

Sebastian schaute überrascht ob der überfallsartigen Frage und antwortete dann:

"Nein, ich lebe allein!"

"Das überrascht mich jetzt aber schon!" sagte Verena und das meinte sie ehrlich.

"Darf ich dich fragen, warum du allein lebst oder ist das zu aufdringlich?"

Sebastian lächelte. Er hatte Verena - ebenso wie ihre Schwester Dorothea - als lebhafte Mädchen in Erinnerung, deren Mund oft schneller war als ihr Verstand. Und das schien sich nicht geändert zu haben.

"Das kann ich dir gern erklären. Wenn man Künstler ist, dann kommt man schon mit diversen Damen in

Kontakt. Sei es bei Banketten oder bei Gesellschaften. Und natürlich bleibt es nicht aus, dass solche Begegnungen auch schon einmal im Schlafzimmer enden. Das war jedoch immer nur Leidenschaft und niemals Liebe. Nach meiner Trennung von Susanne hat es keine feste Beziehung mehr gegeben."

"Weißt du, was Susanne heute macht oder wo sie wohnt? fragte Verena.

"Soviel ich weiß, ist sie wieder verheiratet und lebt jetzt in der Schweiz. Wo genau, weiß ich jedoch nicht. Wir haben ja keinen Kontakt."

"Ihr wart damals so ein Traumpaar", fuhr Verena fort, *"wieso habt ihr euch eigentlich getrennt?"*

Sebastian spürte eine alte Wunde aufbrechen, von der glaubte, dass sie längst vernarbt sei. Er musste daran denken, wie Susanne ihn hintergangen hatte und wie weh das getan hatte.

"Ich glaube, ich bin zu weit gegangen; bitte entschuldige!" sagte Verena, die den plötzlich veränderten Gesichtsausdruck in Sebastians Gesicht bemerkt hatte.

"Nein, nein", sagte Sebastian, der sich bereits wieder gefangen hatte, *"das kann ich dir sagen. Susanne wollte damals unbedingt Kinder haben und ich nicht. Meine Karriere war mir einfach wichtiger!"*

Mit dieser Lüge ersparte er Verena eine Wahrheit, die sie nur schwer hätte glauben bzw. verstehen können. Susanne und sie verstanden sich damals prächtig.

Sebastian erkannte, dass Verena über diese Erklärung zu grübeln begann und fuhr daher fort:

"Jetzt ist es so, dass ich mich erst einmal neu ordnen muss. Mein altes Leben ist vorbei und mit ihm die damit verbundenen Amourösen. Vielleicht findet sich ja irgendwann eine nette Frau, auf die ich mich einlassen kann."

"Wie wäre es mit mir? Ich bin gerade frei!"

Diese flapsige und nicht ernst gemeinte Bemerkung von Verena schaffte ein Klima von größter Verunsicherung und Befangenheit. Wieder einmal war der Mund schneller als das Hirn.

Verena hatte bemerkt, dass diese Bemerkung eher ein "Rohrkrepierer" war als ein Bonmot. Sie hätte die Situation gern entschärft, aber ihr "verbaler Turbo" zündete nicht.
Sebastian errettete Verena, indem er sagte:

"Willst du mich zum Kinderschänder machen? Ich bin doch viel zu alt für dich!"

Leider zündete diese Bemerkung genau so wenig wie die von Verena und wäre nicht die Türe aufgegangen, säßen die beiden noch immer in ihrem Gefängnis der Peinlichkeiten.

"Der ist ja noch immer da. Wann kommt denn endlich die Polizei. Ich ruf noch einmal an!"

Es war Franziska, die der Himmel geschickt hatte.

"Die Polizei wird nicht nötig sein", sagte Sebastian, *"ich war gerade dabei zu gehen."*

"Dann ist es ja gut!" murmelte Franziska vor sich hin und verließ wieder das Zimmer.

"Du willst wirklich schon gehen? fragte Verena in einem leicht flehentlichen Tonfall. *"Bitte, bleib noch ein bisschen. Ich bekomme so selten Besuch und ich freue mich so, dass du da bist!"*

Die Freude bei Sebastian war nicht minder groß, er unterließ es aber das auszudrücken.

"Na gut, wenn ich dir nicht zur Last falle?"

"Nein, mein Lieber; überhaupt nicht!"

Sebastian verspürte ein großes Wohlgefühl bei diesen Worten. Eine Vertrautheit tat sich auf, wie sie Verena gegenüber früher auch schon vorhanden war; aber nicht so.

"Dann bleibe ich gern", verkündete Sebastian freudig und fragte Verena nach ihrer Schwester.

"Was macht eigentlich Dorothea? Habt ihr Kontakt?"

"Das kannst du sie alles selber fragen!"

"Wie das denn?"

"Sie kommt am Wochenende hierher."

"Das ist ja toll. Ich bin schon sehr gespannt darauf, wie sie aussieht."

Verena musste lachen.

"Warum lachst du?"

"Du weißt nichts von Doro, oder?"

"Sollte ich?" antwortete Sebastian vorsichtig.

"Nein, das solltest du nicht! Du bist offenkundig ebenso wenig ein Leser der Regenbogenpresse wie ich."

"Das ist wohl so."

"Warte bis Samstag, dann erklärt sich alles wie von selbst!"

Sebastian gab sich mit dieser Antwort zufrieden.

"So, ich glaube, ich muss jetzt aber wirklich langsam los."

"Das geht nicht!" sagte Verena in einem bestimmten Tonfall und sah Sebastian mit festem Blick an.

"Es gibt noch viel zu viel zu bereden. Das machen wir bei einem Essen und einem guten Glas Wein!"

"Aha!" sagte Sebastian lächelnd, *"das wusste ich nicht!"*

"Heißt das, du bist einverstanden?" fragte Verena freudig erregt.

"Grundsätzlich ja; aber ohne das Glas Wein!"

"Trinkst du jetzt keinen Wein mehr? Du hast doch früher so gern Wein getrunken."

"Das tue ich noch; aber ich muss noch eine Stunde mit dem Auto fahren!"

"Das brauchst du doch gar nicht! Du schläfst hier! Das obere Stockwerk steht total leer. Und bevor du etwas sagst, du kannst einen Pyjama von Papa tragen. Also keine Ausrede - du bleibst über Nacht!"

Verena war bewusst, dass der Mund das Rennen wieder einmal gewonnen hatte; aber dieses Mal war es ihr sogar recht.

Sebastian wäre beinahe das Kinn herunter gefallen. Das letzte Mal, dass jemand so mit ihm geredet hatte, lag sehr lange zurück. Es muss wohl im Kindesalter gewesen sein und die Protagonistin war seine Mutter.

"Du bist unglaublich! Du bist umwerfend, du bist wunderbar!"

Mit diesen Worten ging er zu Verena hin, kniete sich nieder und umarmte sie.

Verena schmolz dahin vor lauter Glückseligkeit und ihre Augen bekamen einen seltsamen Glanz. Seit ihrem Unfall war sie einem solchen Gefühl nicht mehr begegnet. Das einzige Gefühl, dem sie sich immer wieder ausgesetzt fühlte, war Mitleid. Und manchmal war es auch zu viel.

Aber was gerade eben geschah, erweckte sie aus einem langen tiefen Schlaf, in welchen sie gesunken war, als man ihr mitteilte, dass sie nie wieder ihre Beine bewegen könnte.

"Du weinst ja. Habe ich dir wehgetan? War ich zu stürmisch?"

"Nein! Ich bin nur so froh, dass ich heute Abend in angenehmer Gesellschaft bin und ich freue mich auf eine lange Unterhaltung mit dir und mit Wein!"

Den wahren Grund, warum sie geweint hatte, verschwieg Verena. Sie hatte sich in Sebastian verliebt...

"Welchem lukullischen Highlight darf mein Gaumen entgegen fiebern?" fragte Sebastian scherzhaft.

"Pizza alla Roberta!" antwortete Verena mit einem breiten Grinsen.

"Was? Gibt es die immer noch?"

"Si, Signore!"

Roberta war die Chefin der "Pizzeria Roberta", die Sebastian noch in guter Erinnerung war.

"Aber die muss doch inzwischen schon steinalt sein", sagte Sebastian.

"Ist sie auch. Inzwischen hat der älteste Sohn Luigi das Geschäft übernommen; aber Roberta mischt noch immer kräftig mit."

Sebastian musste lächeln. Wie oft waren sie bei "Mama Roberta" essen: Franzi mit Bernhard und den Mädels und Susanne mit ihrem jungen Musikus Basti.

Und zu später Stunde holte Roberta ihre Mandoline und schmetterte Liedgut aus "Bella Italia". Roberta war eine Meisterin auf diesem Instrument; aber sie spielte nur vor Leuten, die sie mochte. Und die "Aurora-Klicke", wie sie die Bewohner der Villa nannte, gehörte zu diesem auserwählten Kreis.

"Dann werde ich einmal dort anrufen und bestellen. Was möchtest du und für wann soll ich bestellen?"

Bevor Sebastian antworten konnte, sagte Verena:

"Halt! Sag nichts! Ich weiß es noch: Pizza Frutti di Mare mit extra viel Knoblauch. Stimmt das oder hat sich dein Geschmack verändert?"

"Nein, meine Liebe, bis auf eine Kleinigkeit: keinen extra Knoblauch!"

"Verstehe!" sagte Verena und konnte es sich nicht verkneifen hinzu zu fügen: *"Es ist wohl, weil du mich sonst nicht küssen kannst!"*

"Du bringst die Sache auf den Punkt!" sagte Sebastian und schaute Verena dabei in ihre blitzenden Augen.

"Und für wann soll ich bestellen?"

"Ist mir egal. Oder sagen wir 19:00 Uhr?"

"Das ist perfekt!"

Sebastian fiel ein, dass Franzi ja auch noch da war. Würde sie den Abend mit ihnen gemeinsam verbringen?

"Wird deine Mutter mit uns essen?" fragte er Verena.

"Nein! Frau Hauser kommt später herüber. Sie isst mit Franzi zu Abend, dann schauen sie noch ein wenig fern und wenn Franzi schon fast die Augen zufallen, dann bringt Frau Hauser Franzi noch ins Bett."

"Und da bleibt sie dann auch?" fragte Sebastian leicht skeptisch.

"Ja! Du musst keine Angst haben, dass sie uns überrascht!"
Verena konnte es einfach nicht lassen Sebastian in Verlegenheit zu bringen. Es war wie ein Spiel für sie und sie genoss es sichtlich.

"Du bist ein schreckliches Plappermaul!"

Als Sebastian das sagte, musste er lächeln. Diese
Worte musste sich Verena in ihrer Kindheit und Jugend mehr als einmal anhören. Franzi hatte das immer
wieder einmal zu Verena gesagt. Und nun rutschte es
Sebastian über die Lippen.

*"Entschuldige bitte, Verena! Das war jetzt etwas
ungeschickt von mir!"*

*"Etwas? Was heißt denn etwas? Das war ganz arg
schlimm! Das sage ich morgen meiner Mama; dann
kannst du etwas erleben!"*

Sebastian fühlte eine tiefe Bewunderung für Verena. Eine junge Frau, intelligent, schön, mitten in einer
Ausbildung zur Flugbegleiterin wird vom Schicksal
aus ihrem Lebenstraum gerissen und zerbricht nicht
daran. Im Gegenteil! Sie stellt sich der Herausforde-
rung und gewinnt ihre Fröhlichkeit zurück, die ihr für
lange Zeit genommen war. Was für eine tolle Frau!

"Darf ich dir ein Kompliment machen?" fragte
Sebastian. Verena schaute ihn an und nickte nur. Der
gerade eben noch praktizierte Übermut war einer gewissen Ernsthaftigkeit gewichen.

Sie musste bemerkt haben, dass Sebastian etwas
sagen wollte, das fern von Jux und Tollerei lag.

*"Ich bin noch nie einem Menschen begegnet, vor
dem ich so viel Respekt und Achtung empfinde, wie*

vor dir. Du bist der großartigste Mensch den ich kenne!"

Tränen schossen in Verenas Augen und wie ein Kind, das den Schutz der Mutter sucht, streckte sie ihre Arme nach Sebastian aus.

Und abermals kniete Sebastian vor ihr nieder und umschlang sie mit aller Liebe, die ein Mensch für einen anderen Menschen empfinden kann.

"Du lieber, lieber Basti", sagte sie schluchzend, *"halte mich bitte ganz fest!"*

Und nach einigen Momenten, löste sie sich von Sebastian, schlüpfte wieder in ihre Rüstung und sagte:

"Wenn du dann genug Süßholz geraspelt hast, können wir ja jetzt unser Nachtmahl bestellen!"

Und als sinnvolle Ergänzung: *"Mögen die Spiele beginnen!"*

Als Sebastian wenig später in die Pizzeria fuhr, um die bestellten Köstlichkeiten abzuholen, war er nicht allein.

In seiner Begleitung befanden sich Gefühle, wie er sie lange nicht mehr gespürt hatte. Er hatte Herzklopfen wie ein Teenager, und er freute sich voll Ungeduld auf den bevorstehenden Abend.

"Mama mia, Signore Sebastiano! Sind Sie das wirklich?"

Roberta hatte Sebastian sofort erkannt, obwohl inzwischen eine halbe Ewigkeit vergangen war, seit sie sich das letzte Mal gesehen hatten.

Und bevor Sebastian noch etwas sagen konnte, hatte ihn Mama Roberta schon fest in ihrem Griff, um ihm einen dicken Kuss aufzudrücken.

"Ich freue mich sehr, Sie zu sehen, Mama Roberta! Sie sind überhaupt nicht älter geworden!"

"Charmanter Schwindler! Vieni presto, Luigi! Schau, wer da ist!"

Luigi, Robertas Sohn kam aus der Küche und als er Sebastian sah, kam er freudenstrahlend auf ihn zu.

"Maestro Sebastiano, welche Ehre! Benvenuto!"

"Den Maestro wollen wir ganz schnell vergessen! Ich bin immer noch Sebastian; einfach Sebastian. Und wir sind immer noch per "DU". Schon vergessen, Luigi? Das gilt auch für Sie, Mama Roberta!"

"Tante grazie, Sebastiano!"

"Setz dich auf ein Glas! Deine Bestellung ist gleich fertig!"

Und dann geschah, was nicht ausbleiben konnte. Roberta überfiel Sebastian mit Verenas Geschichte und sie ließ kein Detail aus. Von ihr erfuhr Sebastian auch, dass die Mutter von Verenas Freund Markus Verena Schuld am Unfalltot ihres Sohnes gab.

Als Verena aus dem Koma aufgewacht war, brachte der Vater von Markus Blumen und entschuldigte sich für seine Ehefrau, deren Anschuldigung er sich schämte.

"Deine Bestellung ist fertig, caro amico", sagte Luigi und drückte Sebastian zwei Flaschen Wein in die Hand.

"Die sind nur für ganz besondere Gäste. Lasst sie euch schmecken und viele, liebe Grüße an Verena!"

Sebastian bedankte sich und ließ sich von Roberta noch einmal fest an ihren Busen drücken. Sie war halt eine echte italienische Mama.

"Auch von mir cari saluti per Verena!"

"Das werde ich gerne ausrichten und vielen Dank!"

Mit diesen Worten verließ Sebastian das Lokal, in dem er immer ein gern gesehener Gast war und mit dessen Besitzer ihn ein freundschaftliches Verhältnis verband.

"Das hat aber lange gedauert", sagte Verena, als er seine Schätze in der Küche abstellte. Es klang keinesfalls wie ein Vorwurf, denn sie sagte das mit einem verschmitzten Lächeln.

"Hat dich Roberta in ihre Finger bekommen? Ich denke, du bist jetzt umfassend informiert!"

"Schuldig in allen Punkten!" antwortete Sebastian, *"und liebe Grüße von Roberta und Luigi!"*

Verena hatte bereits den Tisch gedeckt. Kerzen schafften eine romantische, ja schon fast intime Atmosphäre und aus der Stereoanlage erklang Musik.

"Erwartest du jemanden?" fragte Sebastian in einem scheinbar unschuldsvollen Ton.

"Nein!" antwortete Verena und ihre Stimme klang unerwartet ernst. *"Der, nach dem ich mich sehnte und von dem ich nicht wusste, wer er sein würde, ist schon da!"*

Sebastian schluckte. Diese Antwort drang tief in sein Herz. Noch nie zuvor hatte er eine solch schöne Liebeserklärung gehört. Jetzt hatte sich Verena ihm eindeutig offenbart.

"Meinst du das wirklich?" sagte Sebastian, *"meinst du wirklich mich?"*

"Ja, Basti! Ich meine dich, von ganzem Herzen dich!"

Und dann küssten sie sich und der Himmel tat sich auf. Es war, als hätte das Schicksal sein Meisterstück geschaffen.

Während sie aßen, fragte Verena plötzlich: *"Könntest du dir vorstellen hier zu wohnen und zu arbeiten?"*

Bevor Sebastian antworten konnte, ergänzte sie: *"Wie du weißt, steht das obere Stockwerk leer. Das könntest du komplett nützen. Und Salzburg ist ja nur einen Katzensprung entfernt."*

"Das kommt jetzt etwas überraschend", sagte Sebastian und als der in Verenas erschrockenes Gesicht sah, ergänzte er schnell: *"Aber das kann ich mir durchaus vorstellen!"*

Verena war sichtlich erleichtert. Sie hatte schon gefürchtet, dass sie Sebastian mit ihrer Frage zu sehr bedrängt hätte. Um die Brisanz ihrer Frage zu entschärfen, sagte sie:

"Das können wir ja morgen in aller Ruhe besprechen, mein Liebling!"

Es klang wie Musik in Sebastians Ohren. Wie lange war es her, dass eine Frau so etwas zu ihm gesagt hatte. Er konnte sich gar nicht mehr daran erinnern; es war schon zu lange her.

"Darf ich mir etwas wünschen?" fragte Verena.

"Gern, mein Engel", antwortet Sebastian und es ging ihm ganz leicht über die Lippen.

"Dann lege ich jetzt eine CD ein und wir hören sie gemeinsam an!"

"Was für eine CD?" fragte Sebastian.

"Das wirst du gleich hören; lass dich überraschen! Und gieße uns bitte noch Wein ein!"

Sebastian tat, wie ihm geheißen und dann setzte er sich neben Verena und hielt ihre Hand in der seinen. Verena startete mit der Fernbedienung die CD und dann klang aus den Boxen das Violinkonzert in D-Dur von Johannes Brahms.

Schon nach wenigen Takten begann Sebastian ganz aufgeregt: *"Das bin ja ich..."*

"Ja! Das ist mein Lieblingsstück. Ich habe es schon ungezählte Male gehört!" ergänzte Verena.

"Du kennst meine Musik?" fragte Sebastian ungläubig.

"Aber ja; ich liebe sie! Ich kenne all deine Musik und ich habe alle CDs von dir!"

"Das ist unglaublich! Weißt du, woher diese Aufnahme stammt?"

"Ja! Aus dem Musikvereinssaal in Wien! Ich war ja selbst dabei!"

"Du warst bei meinem Konzert?" fragte Sebastian ganz aufgeregt. *"Aber warum hast du dich denn nicht gemeldet?"*

"Weil du damals noch mit Susanne verheiratet warst!"

"Aber das wäre doch kein Grund gewesen!"

"Für mich damals schon!"

"Heißt das?"

Sebastian wagte den Gedanken nicht zu Ende zu denken, geschweige ihn denn auszusprechen.

"Dass ich damals schon in dich verliebt war!" brachte Verena den Satz zu Ende.

"Ist das wirklich wahr?"

"Ja, mein Liebster; es ist wahr!"

Sebastian wurde schwindelig vor Augen. So viele neue Wahrheiten und so viele schöne Wahrheiten stürzten auf ihn ein und drohten ihn zu erschlagen.

"Ich liebe dich!" sagte er, *"ich liebe dich so sehr!"*

"Und ich liebe dich! sagte Verena. *"Ich liebe dich, wie ich es schon immer getan habe. Und ich danke dem Schicksal, das dich zu mir geführt hat!"*

Verena hatte das Wort "Gott" vermieden. Von ihm hatte sie sich abgewandt, weil er den schlimmen Unfall zugelassen hatte.

"Darf ich dich etwas fragen?" sagte Sebastian.

"Alles, was du willst, Liebster!" antwortete Verena.

"Warum heißt du Dornheim? Du warst doch mit Markus gar nicht verheiratet."

"Das ist richtig", antwortete Verena, *"aber ich war davor schon einmal verheiratet."*

"Davon hat mir Roberta aber nichts gesagt!" sagte Sebastian voller Erstaunen.

"Das konnte sie auch nicht; weil sie diese Geschichte nicht kennt. Ich war noch nicht einmal ein Jahr verheiratet, da hat mich mein Mann zum ersten Mal betrogen. Und leider war das nicht das letzte Mal."

"Das war bei mir nicht viel anders", entfuhr es Sebastian und Verena sah ihn erstaunt an.

"Ich dachte, ihr habt euch getrennt, weil du keine Kinder wolltest!"

"Das war eine Lüge. Bitte, entschuldige! Ich wollte dich nicht verletzen, weil ich weiß, dass Susanne und du sehr gute Freundinnen wart!"

"Ganz so stimmt das nicht!" widersprach Verena, *"anfangs ja; aber ich habe schon bald bemerkt, wie oberflächlich Susanne war!"*

"Ich hoffe, du bist mir nicht böse, dass ich dir nicht dir ganze Wahrheit gesagt habe", entschuldigte sich Sebastian.

Das liebevolle Lächeln von Verena bekundete Sebastian, dass er soeben die volle Absolution erhalten hatte.

"Nein, mein Liebling; aber eine kleine Strafe muss schon sein!" sagte sie mit einem spitzbübischen Ton. *"Du musst mich jetzt ins Bett bringen!"*

Sebastian schluckte schwer. War die Situation bis hierher völlig problemlos verlaufen, so sah er jetzt ein Problem auf sich zukommen.

Verena, die dieses bemerkt hatte, reagierte schnell.

"Das war nur ein Scherz, mein Liebling. Das macht Frau Hauser, wie sie das jeden Tag macht!"

Sebastian fiel ein Stein vom Herzen. Er hatte nicht bemerkt, dass Verena das sehr wohl ernst gemeint hatte, ihn jedoch vor einer bevorstehenden peinlichen Situation bewahren wollte.

Ein wenig traurig war sie aber schon. Sie hätte es sich gewünscht, dass Sebastian sie in dieser Nacht in den Arm genommen hätte. Sie hätte ihn so gern gespürt.

"Du wirkst auf einmal etwas traurig", sagte Sebastian. *"Ist dir etwas? Habe ich etwas falsch gemacht?"*

"Nein, du Dummkopf!" sagte Verena und bemühte sich dabei heiter zu wirken. *"Ich bin plötzlich sehr müde. Es war doch alles sehr anstrengend und sehr aufregend für mich!"*

"Da bin ich erleichtert!" sagte Sebastian und fuhr fort: *"Anstrengend und aufregend; aber sehr, sehr schön!"*

"Jetzt will ich noch einen Gutenachtkuss und dann schicke ich dir Frau Hauser, die dich in dein Schlafgemach hinauf begleitet. Ich wünsche dir eine gute Nacht und träume schön!"

Sebastian kniete zum dritten Mal vor Verena, um sie umarmen zu können und ihr einen Innigen Gutenachtkuss zu geben.

"Ich wünsche dir auch eine gute Nacht und ich bin sehr glücklich, dass wir zueinander gefunden haben!"

"Das bin ich auch, mein Liebster!" sagte Verena und beim Hinausfahren schickte sie noch hinterher:

"Ich finde es toll, wenn ein Mann vor mir kniet. Daran könnte ich mich glatt gewöhnen. Das sollten wir undbedingt beibehalten!"

Wenig später trat Frau Hauser ins Zimmer.

"Ja, der gnä' Herr", sagte sie, als sie Sebastian erblickte, *"grüß Gott!"*

"Grüß Gott, Frau Hauser!" sagte Sebastian. *"Ich freue mich Sie zu sehen. Wie geht es Ihnen? Den "gnä' Herr lassen wir aber schön bleiben. Ich bin immer noch der Sebastian!"*

"Ist gut, gnä' Herr", setzte Frau Hauser Sebastians Bitte sogleich um, *"na ja, wie geht 's mir denn? Wie 's einem alten Ross halt so geht!"*

Sebastian wusste nicht genau, wie alt die gute Frau Hauser war, aber ihr von der Sonne gegerbtes Gesicht ließ ihn vermuten, dass sie schon auf den "Achtziger" zusteuern würde.

Und dann erzählte sie, dass sie sich um Franziska und Verena kümmerte. Sie war die einzige, die Franziska tolerierte. Wahrscheinlich, weil sie Franziska schon als kleines Mädchen kannte.

Was Verena betraf, so half ihr Frau Hauser beim Duschen und beim An- und Ausziehen. Und wenn Verena einmal in die Stadt wollte oder musste, wie z.B. bei einem Arztbesuch, so fuhr sie Michael, der Enkel von Frau Hauser mit dem Auto, das für Verena umgebaut worden war.

Ein Patientenlift, der sowohl für das Auto als auch im Haus Verwendung fand, war eine wunderbare Hilfe, um problemlos ein- und aussteigen zu können.

Verena gab Michael Geld für seine Hilfsdienste, das er seinen Kindern weitergab. Er selbst hätte kein Geld von Verena angenommen. Und seine Eltern, jetzt nur noch seine Mutter, wohnten mietfrei in dem kleinen Haus neben der Villa, das zur Villa Aurora dazu gehörte.

"Es ist schön, dass Sie sich um Verena kümmern, gnä' Herr Sebastian. Das arme Mädel hat das mehr

als verdient! Es ist so schrecklich, was da mit ihr passiert ist. Ich bete jeden Tag zu unserem Herrgott, dass er sie beschützen möge. Aber jetzt sind ja - Gott sei Dank - Sie da. Und Sie kümmern sich doch recht um Sie. Gön 'S?"

Sebastian musste lächeln. Er mochte diese alte Frau mit ihrem einfachen Gemüt und dem großen Herzen. Den "gnä' Herr" konnte er ihr wohl schwerlich abgewöhnen. Er war Teil ihrer Sprache, ebenso wie das oft und gern verwendete "Gön' S", was im Grunde nichts anderes bedeutete als: "Ist doch so - oder?"

"Ja, liebe Frau Hauser! Genau so ist es. Ich werde mich in Zukunft um Verena kümmern. Aber um die Franziska kümmern Sie sich bitte weiterhin!"

"So machen wir es. Gute Nacht!"

Mit diesem kurzen, alles wichtige Beinhaltende verließ Frau Hauser das Zimmer und ließ einen zutiefst beindruckten Sebastian zurück.

Er zog sich aus, streifte den Pyjama von Franzis Exmann über und legte sich ins Bett. Das Geschehene von vorhin, als Verena ihn aufforderte, er möge sie ins Bett bringen, beschäftigte ihn noch eine geraume Weile.

War es vielleicht gar kein Scherz und er hatte ganz einfach nur dumm reagiert. Das wäre schlimm und täte ihm sehr leid.

Sebastian drehte sich auf die Seite, schloss die Augen und beschloss in Zukunft feinfühliger zu agieren. Und als erstes würde er Verena morgen Nacht in den Schlaf wiegen.

"Guten Morgen, du Langschläfer! Willst du denn gar nicht aufstehen?"

Sebastian war völlig überrascht, als Verena vor seinem Bett saß.

"Wo kommst du denn her?" fragte er ganz verwirrt.

"Was für eine Frage; ich wohne hier! Schon vergessen?"

"Das meine ich doch nicht! Wie bist du hier herauf gekommen?"

Verena, welche Sebastians Frage wohl verstanden hatte, erklärte ihm, dass von unten ein Treppenlift herauf führte und dass am Ende ein zweiter Rollstuhl parkte. Denn noch bis vor zwei Jahren habe ja ihre Großmutter hier oben gewohnt.

Sebastian sah sich im Zimmer um. Er erkannte, dass er sich in einem Damenschlafzimmer befand. Eine Psyche, wie sie die Damen in frühen Jahren verwandten, war ein untrügliches Indiz für diese Tatsache.

"Soll das heißen, dass ich heute Nacht im Bett deiner Großmutter geschlafen habe? fragte Sebastian und er hatte große Mühe sein Entsetzen zu verbergen.

Verena lachte schallend. *"Nein, du Dummkopf! Das Bett von Omi haben wir längst hinaus geworfen. Du musst doch sehen, dass das ein modernes Modell ist und keine Großmutterschlafstatt!"*

Sebastian war sichtlich erleichtert.

"Es ist für Doro gedacht, wenn sie manchmal hier ist. Aber sie schläft fast nie drin. Sie legt sich immer zu mir ins Bett, wenn sie kommt. Ausgenommen, sie bringt einen Übernachtungsgast mit hierher."

"Aha!" entfuhr es Sebastian. *"Und jetzt verschwinde, damit ich aufstehen und mich duschen kann!"*

"Wollen wir gemeinsam duschen?"

Verena konnte es wieder einmal nicht lassen.

"Ein verlockender Gedanke!" ging Sebastian auf Verenas Anspielung ein. *"Aber mir wäre lieber, du kümmerst dich um das Frühstück; ich habe nämlich Hunger!"*

"Jawohl, mein Herr! Wird sofort erledigt! Stets zu Diensten!"

Mit diesen Worten verließ Verena das Schlafzimmer und Sebastian ging ins Bad in dem Bewusstsein, dass es ihm - an der Seite dieses unglaublich zauberhaften Wesens - niemals langweilig werden würde.

Als er aus dem Bad kam, erklang ein heftiger Schrei:

"Verena! Ruf die Polizei! Der Betrüger ist noch immer da und er ist pudelnackert!"

"Franzi, ich bin es doch: Sebastian!"

Sebastian war nicht nackt. Er hatte das Badetuch um seine Hüften gewickelt und versuchte vergeblich die sichtlich aufgewühlte Franziska zu beruhigen.

"Hilfe! Hilfe! Gehen Sie weg, Sie Wüstling!"

Je mehr Sebastian versuchte Franziska zu beruhigen, umso lauter schrie sie. Dass sich die beiden begegnet waren, lag daran, dass Franziska gern durch das Haus geisterte und etwas suchte, von dem sie wahrscheinlich selbst nicht wusst, was es war.

Inzwischen war Franziska in einem solchen Tempo die Treppe hinunter gerannt, dass Sebastian befürchtete, sie könnte zu Fall kommen und sich womöglich noch das Genick brechen.

Als sie unten angekommen war, wurde sie von Verena empfangen.

"Beruhige dich Franzi; es ist alles gut! Die Polizei war schon da und hat den Mann mitgenommen."

Franzi ging an Verena vorüber, so als hätte sie sie gar nicht gesehen und alle Aufregung war verschwunden.

Wenig später saßen Verena und Sebastian beim Frühstück.

"Na, du Wüstling! Schämst du dich gar nicht meine arme, alte Mutter so zu erschrecken und das auch noch nackt?"

"Ich war nicht nackt!" rechtfertigte sich Sebastian.

"Wer 's glaubt." gab Verena zurück.

Sebastian bemerkte erst jetzt, dass ihn Verena wieder einmal verschaukelt hatte. Noch war er ein willfähriges Opfer; aber irgendwann würde er Verena durchschauen.

"Hallo Basti! Ist Susanne auch mit gekommen?"

Es war wieder Franzi und Sebastian verstand die Welt nicht mehr. Gerade eben hatte sie noch einen bedrohenden Wüstling in ihm gesehen und nur Minuten später erkannte sie, wer er war.

"Das muss sehr verwirrend für dich sein, mein Liebling, es tut mir leid. Am besten kannst du damit umgehen, wenn du Franzi ganz einfach ignorierst!"

"Kann man das denn?" äußerte Sebastian seine Zweifel, *"und ist das wirklich in Ordnung?"*

"Das ist die einzig sinnvolle Vorgehensweise. Sie wurde mir vom Psychologen empfohlen und sie funktioniert."

Sebastian hatte Verena zwar zugehört, so richtig überzeugt war er aber nicht.

"Hast du heute schon etwas vor?" fragte er Verena.

"Nein, nicht dass ich wüsste", gab sie erstaunt zur Antwort.

"Das ist gut", sagte Sebastian, *"dann packe Nachthemd und Zahnbürste ein; wir verreisen!"*

"Wohin?" fragte Verena ganz aufgeregt.

"Wir fahren zu mir nach Salzburg!"

"Am Samstag müssen wir aber zurück sein; da kommt Doro!"

"Da sind wir längst wieder da!"

"Ich freu mich! Juhu, wir machen einen Ausflug!"

Die Freude war Verena ins Gesicht geschrieben. Sebastian fragte sich, ob es daran lag, dass Verena nur selten das Haus verließ oder ganz einfach, dass sie zusammen etwas unternahmen.

"Ganz egal" dachte er, *"Hauptsache, sie ist glücklich!"*

"Ist es dir recht, wenn wir in meinem Auto fahren?" fragte er Verena.

"Ich glaube nicht, dass das sinnvoll wäre", gab Verena lachend zur Antwort, *"in deine Konservenbüchse passe ich nicht hinein!"*

"Wieso Konservenbüchse; was meinst du damit?"

"Du bist doch immer irgendwelche Sportflitzer gefahren. Das hat sich doch wohl kaum geändert!"

"Wenn du meinen SUV als Sportflitzer bezeichnen willst, dann schon!" antwortete Sebastian.

"Und da passt mein Rolli hinein?" fragte Verena.

"Du, dein Rolli, Nachthemd und Zahnbürste; ihr alle passt da hinein!"

"Ja dann - Salzburg, wir kommen!"

Verena sagte Frau Hauser noch Bescheid, dass sie für ein, zwei Tage in Salzburg wäre und gab ihr die Telefonnummer von Sebastian. Ihre eigene Nummer war bei Frau Hauser bereits hinterlegt.

Sebastian war überrascht, wie leicht Verena war. Er hatte sie aus dem Rollstuhl gehoben und vorsichtig ins Auto gesetzt.

Verena hielt ihre Arme fest um Sebastians Hals geschlungen, so als wolle sie bekunden, dass er jetzt ihr gehöre und dass sie ihn nie mehr hergeben würde.

"Mein Ritter! Mein Held! Wie stark du bist!"

Verena genoss es von Sebastian auf den Arm genommen zu sein. Als er sie in das Auto hinein setzte, empfand sie es, als würde die frisch vermählte Braut "über die Schwelle" getragen werden. Nur eben, dass die Wohnungstür eine Autotür war.

"Ich bin so unendlich glücklich, mein Liebster!"

Als Verena das sagte, war ihre Stimme sanft und leise, und fernab von Spaß und Übermut. Sebastian spürte ihre Hand, die auf seinem Schenkel ruhte und alles war so vertraut, als wären er und Verena schon immer ein Paar gewesen.

"Ich bin es auch. So sehr, wie ich es nie zuvor jemals gewesen bin!" antwortete Sebastian und drückte Verenas Hand.

Der Rest der Fahrt verlief schweigend. Nicht etwa, weil sich die beiden Verliebten nichts zu sagen gehabt hätten; es war eine Unterhaltung ohne Worte.

Und während die Münder schwiegen, sprachen ihre Herzen. Und sie sagten immer und immer wieder dasselbe: "Liebe, Liebe, Liebe!"

Sebastian hatte in der Kaigasse, unweit vom Dom eine Eigentumswohnung. Es war ein Loft mit herrlichem Blick über die Stadt und hinauf zur Festung.

Als sie vor der Wohnung angekommen waren, blieb Verena mit ihrem Rolli davor stehen.

"Willst du nicht hinein fahren?" fragte Sebastian erstaunt, *"oder bereitet es dir Probleme?"*

"Weder noch!" antwortet Verena und sah Sebastian mit einem Blick an, den er nicht zu deuten wusste.

"Und was ist es dann?" fragte er besorgt.

"Lachst du mich auch nicht aus?" sagte Verena.

"Nein! Ganz sicher nicht!"

"Ich hätte einen großen Wunsch!"

"Ist schon erfüllt, mein Herz! Du musst ihn mir nur noch sagen!"

"Trage mich bitte über die Schwelle. Ich möchte es einmal erleben!"

"Hat das dein Ehemann damals nicht gemacht?" fragte Sebastian erstaunt.

"Nein!" sagte Verena und ihre Stimme hatte einen traurigen Klang. Das Plappermaul Verena war zu einem kleinen, fast schüchternen Mädchen mutiert und für Sebastian nicht wieder zu erkennen.

"Dann will ich das jetzt mit großer Freude tun!" sagte Sebastian und mit einem Schwung hob er Verena aus ihrem Rolli, trug sie über die Schwelle, gab ihr einen Kuss und sagte:

"Herzlich willkommen in unserem Zuhause und in meinem Leben!"

Sebastian zeigte Verena die Wohnung. Am Ende führte er sie auf die Terrasse hinaus und bat sie, sie möge ihn für ein paar Minuten entschuldigen.

"Kann ich dich einen Augenblick allein lassen?" fragte er Verena, *"ich müsste kurz zu Frau Körner und sie über meine Pläne in der kommenden Zeit informieren."*

"Wer ist Frau Körner?" fragte Verena.

"Das ist die gute Seele des Hauses, eine Art Concierge!"

"Ist gut; geh nur! Aber vergiss mich nicht!"

Sebastian gab die Antwort in Form eines Lächelns und eines Kusses.

"Wie könnte man eine Frau wie dich je vergessen!"

"Du Schmeichler! Ich liebe dich!"

"Ich liebe dich auch, du Nervensäge!"

Mit diesen Worten verließ Sebastian die Wohnung, um Frau Körner mitzuteilen, dass eine Frau in sein Leben geschneit wäre und dass große Veränderungen bevorstünden.

Als er dann zu Verena zurück kam, erwartete sie ihn - zumindest was die Tageszeit betraf - mit einer außergewöhnlichen Bitte:

"Ich habe gesehen, dass du eine Dusche und eine Wanne hast. Das ist fein. Ich brauche nämlich unbedingt ein Entspannungsbad für meine Muskulatur!"

Als Sebastian, der sichtlich überrascht war, nicht sofort reagierte, ließ Verena diese Gelegenheit nicht vorübergehen:

"Ist das ein Problem? Habt ihr nicht genug Wasser im Haus oder musst du erst zur Salzach gehen und welches holen?"

"Du schreckliches Plappermaul! Du kannst es einfach nicht lassen; oder?" sagte Sebastian, *"ich kann dir einfach nicht böse sein, dazu liebe ich dich viel zu sehr!"*

"Ich weiß es Liebster! Und weil das so ist, darfst du mir in der Wanne Gesellschaft leisten."

Und dann erlebten die zwei Verliebten eine Premiere. Verena ließ es zu, dass nach ihrem Unfall zum ersten Mal ein Mann sie entkleidete und nackt sah.

Sebastian ging äußerst behutsam vor, denn er bemerkte, dass die Keckheit Verenas einer Unsicherheit und einer Schamhaftigkeit wich.

"Ich hoffe, es macht dir nichts aus und du erschrickst nicht, mein Liebling!" sagte sie und sah Sebastian ängstlich an.

"Nein, mein Herz! Ich bitte dich nur mir zu sagen, sollte ich etwas falsch machen!"

Sebastian setze Verena vorsichtig in die Wanne und begann dann sich selbst zu entkleiden.

"Stört es dich, wenn ich dir dabei zuschaue?"

Sebastian lächelte und schüttelte leicht seinen Kopf. Dann stieg er zu Verena in die Wanne.

"Du weinst ja, mein Engel", sagte Sebastian, *"was ist dir?"*

Das anfängliche Weinen ging in ein herzzerreißendes Schluchzen über. Sebastian begann sich Sorgen zu machen.

"Was hast du? Sag doch bitte etwas!"

Und mit größter Mühe presste Verena hervor:

"Es ist nur..., es ist nur..."

"Was denn, mein Herz?" sagte Sebastian und seine Sorge nahm zu.

Und dann schaffte Verena den ganzen Satz:

"Es ist, weil ich noch nie so glücklich war!"

"Mein Mädchen; aber deswegen musst du doch nicht weinen!"

"Doch!" sagte Verena trotzig. *"Und nenn mich nicht „mein Mädchen", das mag ich nicht!"*

Verena hatte sich wieder zurück verwandelt und um das zu untermauern, schickte sie hinterher:

"Und außerdem habe ich nur geweint, weil ich traurig bin, dass ich kein so schönes Badezimmer habe!"

Sebastian lachte und Verena fiel mit ein.

"Aber du weißt schon, dass etwas fehlt!" fuhr Verena wieder weiter in ihrem gewohnten Kielwasser.

"Nein! Aber ich bin sicher, du wirst mir das gleich sagen!" reagierte Sebastian brav.

"Eine Quietscheente!"

"Du hast völlig recht. Wir werden gleich morgen eine kaufen!"

Da saßen sie sich nun schweigend gegenüber, sahen sich verliebt in die Augen, hielten ihre Hand und genossen ein "Muskelentspannungsbad".

Sebastian fiel auf, dass sein Körper nicht reagierte, obwohl er einer Frau von ungeheurer großer erotischer Ausstrahlung gegenüber saß.

Verena hatte einen athletisch wirkenden Körper und einen wunderschönen Busen. Nur die Beine waren schmächtig. Er vermutete, dass sie ihren Körper trainierte, um sich im Rollstuhl und auch außerhalb besser bewegen zu können.

Er suchte eine Erklärung, fand aber keine. War er im Unterbewusstsein gehemmt, weil Verena behindert war.

Als ob Verena seine Gedanken gelesen hätte, überraschte sie ihn mit den Worten:

"Ich möchte, dass du heute Nacht mit mir schläfst!"

Sebastian war wie von einem Blitz getroffen und Verena ergänzte:

"Es sind nur die Beine, die nicht funktionieren; alles andere schon!"

Sebastian fühlte, wie sein Körper sich anschickte das bisher nicht Geschehene nachzuholen und beeilte sich aus der Wanne zu steigen.

Er band sich schnell das Badetuch um und starrte entgeistert auf dieses Wesen in der Wanne, das ihn gerade zum Beischlaf eingeladen hatte.

"Ist die Vorstellung so schrecklich, dass du Reißaus nehmen musst? Gefalle ich dir nicht?"

"Du bist das schrecklichste Wesen, dem ich je begegnet bin!" sagte Sebastian, dessen Körper sich inzwischen zur vollen Blüte entfaltet hatte.

Es war nicht zu übersehen und Verena schaute provozierend auf die Wölbung von Sebastians Badetuch und sagte dann:

"Jetzt bin ich aber erleichtert! Wenigstens ihm scheine ich zu gefallen! Und jetzt hilf mir bitte aus der Wanne, mein großer Held!"

Das Restaurant "Glockenspiel" ist ein Gourmettempel, bei dem man Wochen, wenn nicht Monate vorbestellen muss, wenn man einen Tisch haben möchte.

Das gilt natürlich nur für Normalsterbliche.

Als Sebastian mit Verena das Lokal betrat, kam ihnen der Geschäftsführer sofort entgegen.

"Guten Abend, gnädige Frau; guten Abend, Herr Reinhart! Es ist mir eine große Freude Sie begrüßen zu dürfen!"

"Guten Abend, François! Ich freue mich auch und vielen Dank, dass Sie einen Tisch für uns haben!"

"Das ist doch selbstverständlich, Herr Reinhart!"

François, mit bürgerlichem Namen Franz Berger, war keinesfalls Franzose. Er stammte aus Eugendorf und hatte einen Teil seiner gastronomischen Ausbildung im Ausland genossen. Eine Zeit lang auch in Paris. Dort hatte er die sprachliche Attitüde seines Namens zugelegt.

Nachdem Sebastian und Verena ihren Platz eingenommen hatten, brachte François die Speisekarte.

"Können Sie uns etwas empfehlen, mein Lieber?"
fragte Sebastian und François erglühte vor lauter Stolz
und Freude.

"Sehr gern, Herr Reinhart! Da wäre zunächst...

*„Supreme vom Perlhuhn auf sautiertem Schwarz-
wurzelgemüse und roten Linsentalern"*

...und dann hätten wir noch

*„Garnelentörtchen mit Bulgursalat und Yuzu-
Mousse an süß- sauer mariniertem Feldsalat"!*

*"Das klingt ja alles sehr gut! Was meinst du mein
Engel?"* sagte Sebastian zu Verena gewandt.

*"Haben Sie auch Wienerschnitzel mit Mayonnaise-
Erdäpfelsalat?"*

François; ganz offensichtlich einer Ohnmacht na-
he, musste sich sehr beherrschen, um mit einem mühsam aufgesetzten Lächeln zu antworten:

"Mais oui, Madame!"

*"Und dazu hätte ich gern ein frisch gezapftes
Bier!"*

Mit dem Getränkewunsch trieb Verena den armen
François schon fast in den Wahnsinn. Und als Sebastian ihm bedeutete, er wolle das gleiche, verbeugte
François sich kurz, um wortlos sein Einverständnis zu
bekunden und schwebte von dannen.

Er hatte in seinem gastronomischen Leben schon so manches erlebt; aber das gerade eben war der Gipfel. Wäre der Gast nicht Sebastian Reinhart gewesen, hätte er ihn wohl des Lokals verwiesen.

"Was hat er denn? fragte Verena, "er hat so komisch reagiert."

"Mach dir keine Gedanken. Es war wohl das erste Mal, dass ein Gast seine Speiseempfehlung missachtet hat."

"Darf man das nicht als Gast?"

"Natürlich darf man das. Das wäre ja wohl noch schöner!"

Das Wienerschnitzel, ebenso wie der Mayonnaise-Erdäpfelsalat, waren eine Offenbarung.

"Das war eine wunderbare Idee, mein Herz", sagte Sebastian, *"ich wusste gar nicht mehr, wie gut das schmeckt."*

"Das freut mich, mein Liebling! Mir hat es auch herrlich geschmeckt."

Ein gut aussehender Herr im edlen Zwirn trat an den Tisch.

"Guten Abend, Sebastian! Es ist mir eine ganz große Freude dich wieder einmal bei uns zu sehen!"

Sebastian stand auf und umarmte den Mann.

"Hallo Stephan, die Freude ist ganz auf meiner Seite! Darf ich dir meine Frau vorstellen?"

"Du hast wieder geheiratet?" fragte Stephan überrascht.

Verena hatte sich Stephans Überraschung angeschlossen; denn dass Sebastian sie als seine Frau vorstellte, hätte sie nicht im Traum gedacht.

"Die Heirat ist zwar noch nicht offiziell, wird aber demnächst erfolgen!"

Verena war noch nicht zum Nachdenken gekommen, als Sebastian zu ihr gewandt sagte:

"Liebling, ich möchte dir einen alten und sehr lieben Freund vorstellen. Das ist Stephan Moersbach, der Besitzer dieses Gourmettempels!"

Stephan beugte sich zu Verena hinunter, gab ihr einen vollendeten Handkuss und sagte:

"Ich bin entzückt, verehrte gnädige Frau, Ihre Bekanntschaft machen zu dürfen!"

"Auch ich freue mich, mein Herr; aber die Freude wäre noch viel größer, wenn Sie mich ganz einfach Verena nennen würden!"

"Das mache ich gern! Aber nur, wenn Sie mich Stephan nennen!"

"Jetzt ist es aber genug!" drängte sich Sebastian dazwischen. *"Von dem vielen Süßholzgeraspel bekommt man ja Kopfschmerzen!"*

"Vernehme ich da einen leichten Anflug von Eifersucht, mein Liebling?" konterte Verena.

"Ja, unbedingt! Dieser gut aussehende Mann ist ein Charmeur. Das war er schon zu Studienzeiten!"

Und dann erzählte Sebastian, dass er zur selben Zeit wie Stephan am Mozarteum Musik studiert hat und dass sie Freunde geworden sind.

Stephan hatte zwar fertig studiert, konnte sein Studium aber nie verwenden, weil sein Vater plötzlich verstorben war und er die Leitung der Restaurants übernehmen musste.

"Wieso Restaurants?" fragte Verena. *"Haben sie noch andere Lokalitäten?*

"Ja!" antworte Stephan und Sebastian ergänzte: *"In Wien, in Innsbruck, in Zürich, in Berlin, in Brüssel und in Paris!"*

"Das in Paris habe ich nicht mehr!" korrigierte ihn Stephan.

"Das ist aber schade", sagte Verena, *"da wäre ich gern einmal zum Essen vorbei gekommen!"*

"Apropos Essen", sagte Stephan, *"die Hochzeit wird ja wohl hier im Dom stattfinden und somit ist*

klar, dass ich sie ausrichten werde. Das ist mein Hochzeitsgeschenk!"

"Jetzt mal langsam mit den jungen Pferden!" warf Verena ein. *"Erstens hat er noch nicht förmlich bei meiner Mutter um meine Hand angehalten und zweitens bin ich mir nicht sicher, ob ich den Antrag überhaupt annehmen werde."*

Und als Sahnehäubchen ihres Statements fügte sie noch hinzu:

"Zumal ich Sie kennen gelernt habe, mein lieber Stephan!"

"Das tut mir jetzt aber sehr leid, liebe Verena", sagte Stephan, nachdem er ihr einen weiteren Handkuss verabreicht hatte, *"Sie kommen dreiundzwanzig Jahre zu spät. Ich bin in festen Händen und ich bin es gern. Ich liebe meine Melanie mindestens genauso, wie Sie ihren Sebastian!"*

"Und weil das so ist, drängt es uns jetzt zu gehen. Nicht wahr, mein Liebling?" sagte Verena zu Sebastian.

Und zu Stephan: *"Mein Basti ist ja nicht mehr ganz jung und ermüdet sehr schnell. Deshalb muss ich ihn jetzt schnellsten zu Bett bringen!"*

"Das ist aber schade! Ich wollte uns gerade eine Flasche Champagner bringen lassen!"

"Wissen Sie was, lieber Stephan? Die lassen Sie schön einpacken und wir nehmen sie mit!"

"Du bist unmöglich, Verena!" sagte Sebastian und die Situation wurde ihm schon beinahe peinlich.

"Nein, lieber Sebastian, diese Frau ist nicht unmöglich; sie ist wunderbar. Ich freue mich, du Glückspilz, dass du sie gefunden hast!"

"So, Sie Freund eines Glückspilzes, jetzt rufen Sie uns noch ein Behindertentaxi und dann geht 's ab nach Hause!"

"Das kommt gar nicht infrage. Ich werde euch nachhause fahren lassen!"

"Das ist sehr lieb von Ihnen", sagte Verena, *"beugen Sie sich herab zu mir, damit ich Sie küssen kann!"*

Sie gab Stephan einen Kuss auf beide Wangen und sagte:

"Es freut mich sehr, dass Sebastian einen so lieben Freund hat! Und wenn wir uns wieder sehen, werden wir Bruderschaft trinken und Sie werden mich Ihrer Freundesliste hinzufügen!"

"Sie stehen bereits auf dieser Liste, liebe Verena. Ich freue mich schon auf unser nächstes Wiedersehen! Und jetzt bringen Sie den alten Mann gut ins Bett!"

Sebastian umarmte den Freud und dann fuhr er mit Verena im hoteleigenen Auto nach Hause.

"Mache bitte den Champagner auf und dann lass uns die Hochzeitsnacht genießen, mein Gemahl!"

In dieser Nacht vermählten sich zwei Menschen, die füreinander geschaffen waren. Es war ein Akt voller Liebe und Zärtlichkeit.

Der Raum war erfüllt von Harmonie. Und die Angst und die Unsicherheit hatten in dieser Nacht keinen Zutritt.

Am nächsten Morgen saßen zwei überglückliche Menschen beim Frühstück.

"Es war eine wunderschöne Nacht, mein Herz", sagte Sebastian, *"ich danke dir!"*

"Ich danke dir und ich liebe dich!" sagte Verena und nach einer kurzen Pause:

"Ich bin dir noch eine Erklärung schuldig!"

"Was meinst du, mein Engel?" sagte Sebastian.

"Es betrifft mein harsches Reagieren von neulich, als du mich „mein Mädchen" nanntest", antwortete Verena.

"Das ist schon längst vergessen, mein Liebling!"

"Trotzdem; ich möchte es dir gern erklären!"

Und dann erzählte Verena, dass ihr erster Ehemann sie „mein Mädchen" nannte und dass diese Bezeichnung Erinnerungen in ihr wach riefen, auf die sie gerne verzichten möchte.

"Das tut mir leid; das konnte ich nicht wissen! Ich werde dich ganz sicher nie mehr so nennen!"

"Ich danke dir, mein Liebling und ich danke dir auch für dein Verständnis!"

"Was möchtest du heute machen, mein Engel?" wechselte Sebastian das Thema. *"Möchtest du auf die Festung oder vielleicht im Mirabellgarten bummeln?"*

"Weder noch", antwortete Verena, *"wie wäre es mit einem Ausflug zum Wallersee?"*

"Sehr gern; wenn du das möchtest?"

"Oh ja! Und dann kannst du mich über den See rudern!" sagte Verena euphorisch.

"Geht auch ein Elektroboot?" fragte Sebastian.

"Wie kann man nur so unromantisch sein" sagte Verena.

"Du hast gestern selbst gesagt, dass ich so schnell ermüde. Erinnere dich bitte!"

"Touché!" sagte Verena und lachte. *"Dann eben ein Elektroboot!"*

"Und hinterher gehen wir in ein Fischrestaurant. Oder möchtest du vielleicht lieber wieder ein Wienerschnitzel mit Mayonnaise-Erdäpfelsalat?"

"Keinesfalls! Das esse ich nur bei meinem Freund Stephan!"

"So, so!" sagte Sebastian, *"du hast einen Freund, der Stephan heißt?"*

"Ja; das ist ein ganz Lieber. Und der kann prima kochen!"

"Du bist und bleibst ein Filou", sagte Sebastian und küsste Verena.

Eine knappe halbe Stunde später waren sie am Wallersee angekommen. Das Wetter spielte mit und einer Bootsfahrt stand nichts mehr im Wege.

Als der Bootsverleiher sah, dass Verena im Rollstuhl saß, bestand er darauf, dass sie eine Schwimmweste anziehen sollte.

Verena sträubte sich anfangs, gab aber nach, da sonst die Bootsfahrt nicht stattgefunden hätte.

"Was Sie nachher im Boot machen, ist mir egal. Von mir aus, können Sie die Weste auch ausziehen, wenn Sie außer Sichtweite sind!"

Wie der Bootsverleiher das meinte, war nicht klar zu erkennen. Ob es zynisch gemeint war oder ob er nur nett sein wollte, blieb dahin gestellt.

"Es ist zu deiner eigenen Sicherheit", wirkte Sebastian auf Verena ein, *"und außerdem gehört das sicher zu den Vorschriften des Mannes."*

Verena brummte etwas, das einem „Ja" sehr ähnelte und dann fuhren sie hinaus auf den See.

Der Name des Sees ist nicht empirisch nachweisbar. Eine Deutung wird auf den Namen „Walchen" zurückgeführt, was so viel wie „Fremder" bedeutet und eine andere auf den „Wels", den man auch unter dem Namen „Waller" kennt.

Weil das Fleisch des Welses zwar fest und nahezu grätenlos, aber ziemlich geschmacksneutral ist, entschieden sich Sebastian und Verena für ein Zanderfilet vom Grill mit Kräuterbutter, Petersilerdäpfel und Gemüse. Und als Nachtisch gab es dann Topfennockerln mit Erdbeersauce und Schlagobers.

"Ich bin am Platzen", sagte Verena nach dem Essen, *"ich muss heute noch unbedingt zwanzig Kilometer joggen!"*

Die Art, wie Verena mit ihrer Behinderung umging, imponierte Sebastian sehr. Sie hatte die Behinderung angenommen, sich ihr aber nicht bedingungslos unterworfen.

Verenas Telefon läutete; es war Frau Hauser. Völlig aufgeregt teilte sie Verena mit, dass Franziska die Treppe hinunter gefallen sei und sich einen Oberschenkelhalsbruch zugezogen hätte.

Verena wurde ganz bleich.

"Wir kommen so bald wie möglich, Oma Hauser, sagte sie, *"und grüßen Sie Franzi ganz lieb!"*

"Was ist passiert?" fragte Sebastian besorgt, dem der Gesichtsausdruck von Verena nicht entgangen war.

"Meine Mutter ist gestürzt und liegt im Spital!"

Es berührte Sebastian, dass Verena „Mutter" gesagt hatte und nicht „Franziska" oder „Franzi".

"Das tut mir leid! Wir fahren sofort nach Hause und weiter nach Ischl!"

"Ja, bitte!"

Die Fahrt zurück nach Salzburg verlief schweigend. Sebastian überlegte, ob er das Thema „Franzi" bzw. die Frage nach ihrer eventuellen Unterbringung in einem Heim ansprechen sollte; unterließ es aber.

Nach ihrer Ankunft in Bad Ischl fuhren sie sofort ins Krankenhaus.

Als sie das Zimmer betraten, in welchem Franziska untergebracht war, lag da eine völlig apathische Frau. Auf die Begrüßung von Verena reagierte Franziska überhaupt nicht.

Der behandelnde Arzt war gekommen und Verena fragte ihn, was das bedeute.

"Was ist los mit meiner Mutter; warum reagiert sie nicht?"

"Seien Sie unbesorgt", sagte der Arzt, *"ich kann Ihnen das erklären!"*

Dann erklärte er, dass Franziska sediert worden sei, damit gewährleistet ist, dass sie im Bett liegen bleibt. Die Operation sei für den nächsten Tag geplant.

"Was für eine Operation?" fragte Verena, *"was geschieht da?"*

"Ihre Mutter bekommt ein künstliches Hüftgelenk. Die OP dauert 30 bis 40 Minuten, nicht länger. Deshalb gibt es selbst bei sehr alten Patienten kaum Probleme. Ganz wichtig ist, dass die Patientin so schnell wie möglich wieder auf die Beine kommt. Am Nachmittag nach der OP müsste sie eigentlich schon wieder durch den Krankenhausflur laufen können!"

Verena schaute ebenso ungläubig wie Sebastian.

"Ist das wirklich wahr, Herr Professor?" fragte sie den Arzt, auf dessen weißem Kittel sie inzwischen Name und Titel gelesen hatte.

"Ja", antwortete er, *"die Medizin hat auf diesem Gebiet große Fortschritte gemacht. Die Zeiten von Streckverband und monatelangem Bettliegen sind Gott sei Dank vorüber."*

"Das sind ja tolle Neuigkeiten! Vielen Dank, Herr Professor!"

"Eine Bitte noch, Frau Wörner; kommen sie bitte später in mein Büro. Die Schwester wird Ihnen den Weg zeigen!"

Und bevor Verena noch den Irrtum, ihren Namen betreffend, berichtigen konnte, war der Herr Professor auch schon bei der Tür hinaus.

Verena nahm die Hand von Franziska und streichelte sie. Sie tat das mit so viel Zärtlichkeit und Liebe, dass Sebastian nur bewundernd zusehen konnte.

Er hatte seine Hand auf ihre Schulter gelegt. Verena ergriff sie, so als wolle sie Sebastian mit einbeziehen.

"Sie braucht jetzt all unsere Kraft und Liebe!" sagte sie und Sebastian nickte zustimmend.

"Ich muss Ihnen ja nicht sagen, dass Ihre Mutter dement ist!"

Mit diesen Worten begann Professor Wieland das Gespräch mit Verena. Sie hatte Sebastian, der vor der Tür des Büros warten wollte, gebeten bei dem Gespräch anwesend zu sein.

Auf die Frage, in welchem Verhältnis Sebastian zu der Patientin stehe, hatte Verena geantwortet:

*"Das ist mein Verlobter, Herr Sebastian Reinhart!
Wir werden in Bälde heiraten!"*

Der Professor stutzte für einen kurzen Moment und
fragte dann:

*"Bitte, verzeihen Sie mir die Frage: Sind Sie der
berühmte Geigenvirtuose?"*

Und wieder war es Verena, die das Antworten
übernahm: *"Ja, das ist der österreichische Paganini!"*

Sebastian schluckte. In dieser Art hätte er die Frage nicht beantworten wollen. Aber nun war es schon
geschehen. Verena hatte wieder einmal zugeschlagen.

*"Es ist mir eine große Ehre und Freude, dass ich
Sie persönlich kennen lernen darf. Ich bin ein großer
Bewunderer von Ihnen!"*

*"Was wollten Sie mit mir besprechen Herr Profes-
sor?"* kehrte Verena zu dem ihr eigenen Pragmatismus
zurück.

*"Entschuldigen Sie, Frau Wörner; aber wann hat
man schon einmal die Gelegenheit eine so berühmte
Persönlichkeit kennen zu lernen."*

*"Also, damit es klar ist: Ich heiße jetzt noch Dorn-
heim und demnächst Reinhart; aber nicht Wörner!"*

Sebastian fühlte eine aufkeimende Peinlichkeit in
sich aufsteigen. Er hatte das Gefühl, dass Verena gerade dabei war den Bogen zu überspannen.

Aber dann geschah etwas, was ihn wieder beruhigte. Verena sagte zu dem erschrocken drein schauenden Professor:

"Bitte, entschuldigen Sie mein Verhalten! Es ist wohl der Schock über das Geschehene, der mich kurzzeitig mein gutes Benehmen vergessen ließ. Es tut mir leid!"

"Nicht doch, Frau Dornheim! Dazu besteht kein Grund. Sie haben mein vollstes Verständnis!"

"Nun gut; dann lassen Sie uns jetzt über meine Mutter reden!"

Dann erzählte der Professor, dass die Demenz von Franziska offenkundig einen progressiven Verlauf nehmen würde und dass ihre körperliche Unversehrtheit in ihrem jetzigen Zuhause nicht länger gewährleistet werden könnte.

"Heißt das, sie soll in ein Heim?" fragte Verena und die Stärke ihres Tonfalls versetzte Sebastian schon wieder in eine leichte Unruhe.

Er drückte Verenas Hand, um sie zu beruhigen, worauf diese sein Bemühen mit einem strafenden Blick belegte.

"Das kommt überhaupt nicht infrage!" sagte sie leicht aufgewühlt, *"das kann ich Franzi nicht antun!"*

"Ich möchte Sie nur bitten in Ruhe darüber nach-zudenken", sagte der Professor, sichtlich geschreckt von Verenas Reaktion.

"Das macht sie ganz sicher", intervenierte Sebastian, *"und außerdem kommt am Samstag ihre Schwester zu Besuch. Dann können die beiden zusammen darüber nachdenken. Wir danken Ihnen sehr für das Gespräch, Herr Professor!"*

Und bevor Verena ihren strafenden Blick Sebastian gegenüber in Worte umsetzen konnte, hatte er dem Professor die Hand zum Verabschieden entgegen gestreckt.

Dieser ergriff sie erleichtert und streckte danach Verena seine Hand entgegen.

Für einen Augenblick schien es, als wolle sich Verena verweigern; tat es dann aber doch nicht.

"Du warst gerade eben sehr heftig unterwegs!" konnte Sebastian nicht umhin zu sagen, als sie wieder im Auto saßen.

"Ich weiß und es tut mir leid!" sagte Verena, *"ich kann mir aber ein Leben ohne Franzi im Haus nicht vorstellen. Sie hat so viel für Doro und mich getan; auch als Bernhard ausgezogen war."*

"Das verstehe ich, mein Engel", sagte Sebastian und aus seinen Augenwinkeln heraus konnte er erkennen, dass Verena weinte.

"Ich käme mir schäbig vor, wenn ich Franzi in ein Heim abschieben würde."

"Jetzt warte, bis Doro kommt. Gemeinsam werdet ihr schon eine Lösung finden!"

"Ihre Meinung dazu kann ich mir lebhaft vorstellen!" sagte Verena und musste lachen. Es war jedoch ein sehr gequältes Lachen.

"Was meinst du damit?" fragte Sebastian.

"Das wirst du schon sehen, wenn sie da ist!"

Es war früher Nachmittag, als Dorothea eintraf. Genauer gesagt, sie erschien: High Heels, eng anliegendes, rotes Kleid und ein Hut, so groß wie ein Sombrero.

Als Doro auf Verena zuging, begrüßte diese sie mit: "Hallo Rollmops!" und Verena antwortete im gleichen Tonfall mit: "Hallo Barbie!"

Dann umarmten die beiden Schwestern einander in großer Herzlichkeit.

Sebastian war davon berührt, dass sich zwei Schwestern über einen so langen Zeitraum so gut verstehen. Es hatte sich nichts verändert seit damals, als sie noch Mädchen waren.

Als sie Sebastian sah, fragte sie Verena:

"Wer ist denn dieser alte Mann?"

"Beachte ihn gar nicht", sagte Verena, *"das ist nur der Hausmeister!"*

Und dann lachten beide, dass man es meilenweit hören konnte und Sebastian wurde davon mitgerissen.

"Hallo Basti!" sagte Dorothea, *"ich kann dir gar nicht sagen, wie froh ich darüber bin, dass du da bist!"*

"Danke, Doro; das ist nett von dir!" sagte Sebastian etwas verlegen.

"Du musst über Zauberkräfte verfügen. Meine kleine Schwester hat noch nie so gut ausgesehen wie jetzt!"

"Das tut er tatsächlich", sagte Verena, *"dieser Mann hat mich verzaubert. Ich bin ihm willenlos ausgeliefert!"*

Dorothea ging zu Sebastian, umarmte ihn und flüsterte ihm dann ins Ohr:

"Kannst du mich nicht auch verzaubern? Ich wäre gern dein willenloses Werkzeug!"

Sebastian wurde durch das Parfum von Dorothea fast seiner Sinne beraubt. Er fühlte seine Schläfen pochen und bekam einen trockenen Mund.

"Ach, wie süß", sagte Dorothea, *"unser Basti wird ganz rot."*

"Du Hexe!" sagte Verena, *"was hast du dem armen Basti ins Ohr geflüstert?"*

"Dass ich heute Nacht an seine Tür klopfen werde!" antwortet Dorothea.

"Du elendes Miststück!" giftete Verena, *"aber da wirst du kein Glück haben!"*

Hätte ein Außenstehender dieses Wortgefecht mitgehört, hätte er wohl die größten Befürchtungen haben müssen. Es wirkte alles so echt, dass sogar Sebastian sich nicht sicher war, ob das alles noch Spaß war.

"Wie meinst du das, du Luder!" setzte Dorothea das Zwiegespräch fort.

"Dieses Bild von einem Mann schläft nur in einem Bett! Und zwar in meinem!"

"Soll das etwa heißen, ich muss im Geisterzimmer schlafen?" fragte Dorothea und spielte damit auf das Zimmer der verstorbenen Großmutter an.

"Genau so ist es!" triumphierte Verena.

Dorothea tat so, als würde sie von einem heftigen Weinkrampf befallen und warf sich an die Brust von Sebastian.

"Wie kannst du ein solches Monster nur lieben?"

Sebastian schüttelte den Kopf.

"Ihr seid wirklich unmöglich! Wann werdet ihr endlich erwachsen?"

Und wie aus einer Kehle kam die Antwort: *"Nie!"*

Verena und Dorothea hatten ihren Spaß gehabt und gingen jetzt zu einem ernsteren Thema über.

"Wie geht es Mutter?" fragte Dorothea ihre Schwester.

"Sie wurde operiert und die Operation ist gut verlaufen. Wir wollen sie nachher besuchen, wenn es dir recht ist."

"Natürlich!" sagte Dorothea und die Fröhlichkeit war aus ihrem Gesicht gewichen.

Als sie später vor Franziskas Bett standen, waren sie angenehm überrascht. Franziska sah nicht nur gut aus, sie sprach die beiden Mädels sogar mit ihrem Namen an.

"Hallo, Mama! Wie geht es dir?"

Es war Dorothea, die zuerst ihre Fassung wieder gewonnen hatte.

"Es geht mir gut, mein Schatz!" antwortete Franziska und umarmte ihre älteste Tochter.

Verena saß wie versteinert in ihrem Rollstuhl und die Tränen liefen ihr übers Gesicht.

"Ich freu mich so, dass du die Operation so gut überstanden hast!"

"Das freut mich auch, mein Häschen", sagte Franziska und Verenas Tränen wurden mehr. Franziska hatte Verena "Häschen" genannt, als diese noch klein war.

Dann sah Franziska zu Sebastian. Sie sah ihm lange in die Augen, bevor sie sagte:

"Versprich mir, dass du gut auf mein Häschen aufpasst Basti!"

Und nach einer kurzen Pause: *"Ich werde es bald nicht mehr können!"*

"Warum sagst du das, Franzi?" schluchzte Verena, *"es geht dir doch gut!"*

"Das sind die Medikamente!" antwortete Franziska, *"das sind nur die Medikamente!"*

"Jetzt kommst du erst einmal nach Hause", sagte Verena, *"und dann wird sich schon alles finden."*

"Nein Verena! Ich komme im Anschluss direkt in die Reha und danach in ein Pflegeheim! Ich habe das alles schon mit Professor Wieland besprochen!"

"Das lasse ich nicht zu, Franziska!" sagte Verena und ihre Aufregung nahm zu. *"Ich werde dem Herrn Professor schon meine Meinung sagen!"*

"Das wirst du nicht!" sagte Franziska, *"das lässt du schön bleiben!"*

Dorothea, welche die ganze Zeit über still daneben gestanden war, sagte einen Satz, der Verena noch gefehlt hatte, um die Beherrschung endgültig zu verlieren:

"Ich denke, das wird das Beste für Mama sein. Und für uns auch!"

Jetzt gab es kein Halten mehr.

"Du egoistische, dumme Kuh. Dein Leben besteht nur aus Dinner-Parties und Champagner. Zu einem echten Gefühl bist du gar nicht fähig!"

Damit war Verena eindeutig zu weit gegangen.

"Du wirst dich sofort bei Dorothea entschuldigen und dann gehst du hinaus und kommst erst wieder herein, wenn du wieder menschliche Züge angenommen hast!"

Das hatte gesessen. Verena fuhr mit ihrem Rollstuhl aus dem Zimmer hinaus auf den Gang.

"Geh ihr bitte nach, Sebastian", sagte Franziska, *"und bring sie zur Vernunft!"*

Und zu Dorothea gewandt: *"Du kennst ja deine kleine Schwester. Sie war schon immer ein Pulverfass. Ich hoffe nur, dass Sebastian sie bändigen kann!"*

"Ich nehme ihr das nicht übel; ich weiß, dass sie es nicht so gemeint hat!"

"Da wäre ich mir nicht so sicher!", gab Franziska lächelnd zur Antwort. *"Komm her, meine Große und gib deiner alten Mutter einen Kuss!"*

"Es tut mir leid, Mamschi!" sagte Dorothea, *"das war nicht sehr feinfühlig von mir."*

"Das stimmt!" sagte Franziska, *"für den diplomatischen Dienst taugst du auf gar keinen Fall!"*

Dann lachten sie beide und Mutter und Tochter waren einander so nah wie schon lange nicht mehr.

Sebastian war es gelungen Verena zu beruhigen.

"Es tut so weh, Basti!" sagte Verena, *"es tut so schrecklich weh!"*

"Ich weiß, mein Engel", sagte Sebastian, *"aber es entschuldigt nicht, was du vorhin Doro an den Kopf geworfen hast!"*

"Die hat einen dicken Schädel, die hält das schon aus!" entgegnete Verena beinahe trotzig und nicht gerade vor Einsicht triefend.

Dann kam Dorothea heraus und etwas Seltsames geschah. Dorothea beugte sich zu Verena hinunter und sagte: *"Ich liebe dich, kleine Schwester!"* und Verena schluchzte: *"Ich liebe dich auch!"*

In diesem Augenblick war sich Sebastian bewusst, dass er diese beiden Geschöpfe wohl nie so recht verstehen würde. Aber wahrscheinlich würde er es gar nicht wirklich wollen.

Als er später mit Verena im Bett lag, hielt er sie ganz fest umschlungen.

"Es wird alles gut werden, mein Engel. Man kann sich nicht immer dem Schicksal in den Weg stellen, sonst wird man eventuell von ihm hinweg gefegt!"

Verena sagte nichts, sie schmiegte sich nur noch fester an ihren Basti. Es war, als würde sie von ihrer ursprünglichen Geborgenheit, die sie bei Franziska gefunden hatte, nun in die Geborgenheit eines Mannes schlüpfen, den sie mehr liebte als irgendetwas sonst auf der Welt.

Sie waren nach dem Krankenhausbesuch noch bei Frau Hauser vorbei gegangen, um sie auf den Stand der Dinge zu bringen.

Als sie erfuhr, dass Franziska nie mehr in die Villa Aurora zurück kehren würde, wurden ihre Augen feucht.

"Kann ich die Mutter wenigsten ab und zu besuchen?" fragte sie und Verena antwortete: *"So oft du willst, Oma Hauser!"* Und Dorothea nickte zur Bestätigung.

"Wir sollen morgen in das Büro von Professor Wieland kommen", sagte Verena, *"begleitest du mich, Liebster?"*

"Ja! Aber nur, wenn Du mir versprichst, dass du ihm nicht an die Gurgel fährst!" antwortete Sebastian.

"Ich versprech es!" sagte Verena, *"und jetzt lass uns schlafen; ich bin sehr müde."*

"Das ist kein Wunder, mein Engel; es war ja auch ein langer und anstrengender Tag!" antwortet Sebastian und gab ihr einen langen Gutenachtkuss.

"Schlaf wohl, meine Geliebte!"

"Gute Nacht, mein Beschützer!"

Als sie am nächsten Morgen beim Frühstück saßen, wartete Dorothea mit einer Überraschung auf:

"Ich weiß, dass ich gestern Mist gebaut habe, und ich habe mich ja auch schon dafür entschuldigt; aber es ist mir ein großes Anliegen euch für heute Abend zum Essen einzuladen!"

So sehr Sebastian auch nachdachte, er konnte sich nicht daran erinnern, wann und wo Dorothea sich entschuldigt hatte. Und bevor er noch der Sache auf den Grund gehen konnte, hatte Verena schon geantwortet:

"Ist gut, große Schwester; wir nehmen deine Einladung gern an!"

Nach dem Frühstück fuhren sie alle zusammen ins Krankenhaus, um den Gesprächstermin mit Professor Wieland wahrzunehmen.

"Ich danke Ihnen, dass Sie meine Einladung zum Gespräch angenommen haben!" begrüßte er die beiden Frauen und Sebastian.

"Es hat Sie sicher erstaunt, wie klar Ihre verehrte Frau Mutter war, als Sie sie gestern besucht haben. Lassen Sie sich aber nicht davon täuschen; denn das war einzig auf die Wirkung eines Medikamentes zurück zu führen!"

"Heißt das, wenn unsere Mutter dieses Medikament täglich nimmt, dass Ihr Verstand dann wieder normal arbeitet?" fragte Verena mit hoffnungsvoller Stimme.

"Nein!" antwortete der Professor, *"so einfach ist das leider nicht!"*

"Aber warum nicht?" fragte Dorothea.

"Weil die Nebenwirkungen dieses Präparates verheerend sind. Es ist nur für eine kurzfristige Anwendung gedacht. Eine dauerhafte Indikation würde Ihre Mutter in kurzer Zeit völlig zerstören!"

Die beiden Schwestern sahen einander ratlos an. Sebastian stand hilflos daneben und hätte gern etwas getan; wusste aber nicht was.

"Ich habe mich gestern noch lange mit Ihrer lieben Mutter unterhalten", fuhr der Professor fort, *"und sie hat mir aufgetragen Ihnen folgendes zu sagen..."*

Und dann berichtete er, dass Franziska ihm von den beiden Mädels erzählt hätte und dass sie sehr stolz auf sie sei. Sie hätte keine Angst davor, was auf sie zukommen würde. Ihre größte Freude wäre, dass Verena in guten Händen sei. Und um Dorothea sorge sich nicht, weil sie sehr gut auf sich selber aufpassen könnte. Sie hätte nur den einen großen Wunsch an die beiden Schwestern, dass diese ihre Entscheidung annehmen sollten und nicht mit dem Schicksal hadern würden.

Die beiden Schwestern hatten aufmerksam zugehört. Und wo am Tag zuvor noch Aggression das vorherrschende Gefühl war, war jetzt nur noch stille Trauer. Trauer darüber, dass ihre Mutter jetzt auf dem Weg in eine andere Welt war, zu der die beiden Töchter kaum noch Zugang hatten. Und bald würde er ganz versperrt sein.

Nach dem Gespräch gingen alle in das Zimmer von Franziska. Sie lag in ihrem Bett, die Augen offen und den Blick zum Fenster gerichtet. Sie nahm die herein gekommenen Besucher gar nicht wahr und selbst das "Hallo, Mama!" ihrer Töchter veranlasste sie nicht den Blick vom Fenster abzuwenden.

Verena und Dorothea gingen zu ihr und gaben ihr einen Kuss. Franziska lächelte und Sebastian konnte nicht umhin zu sagen:

"Ich glaube, sie fühlt sich wohl in ihrer Welt!"

Kaum, dass er das gesagt hatte, bereute er es auch schon wieder. Er musste an Verenas gestrige Reaktion denken, als Dorothea etwas Ähnliches sagte.

Aber es kam ganz anders. Verena sah Sebastian an und sagte:

"Ja; ich glaube das auch!"

Mit einer innigen Umarmung, einem zärtlichen Kuss und einem liebevollen Blick verabschiedeten sich die drei und verließen das Zimmer.

Sie fuhren nach Hause und noch während er Fahrt sagte Dorothea: *"Heute Abend lassen wir es richtig krachen!"*

Der Abend verlief so, wie er angekündigt war: Gutes Essen und Alkohol in großen Mengen.

Das Lokal hatte Verena ausgesucht. Es hieß "Akropolis" und es war, wie schon am Namen leicht erkennbar, ein griechisches Restaurant.

Als Vorspeise gab es "Mezedes", das sind kleine Appetithäppchen. Und hinunter gespült wurden sie mit "Ouzo", einem nach Anis schmeckenden Schnaps.

Die Hauptspeise bestand aus "Souvlaki", den Fleischspießen aus Hammelfleisch mit frittierten Auberginen- und Kartoffelscheiben.

Und als Nachtisch wurden "Loukoumades" serviert. Das sind in Öl ausgebackene Küchlein in Honigsirup.

Man sollte nicht glauben, dass ein einzelner Mensch solche Mengen Nahrungsmittel verschlingen kann; und doch war es so.

Mithilfe von Unmengen Ouzo gelang dieses Wunder. Und ein weiterer, guter Begleiter an diesem Abend war ein Trank namens "Retsina". Das ist ein trockener Tafelwein, der mit Harz versetzt wird.

Sebastian war erstaunt, wie losgelöst die beiden Schwestern waren. Es war, als würden sie all die Last abstreifen, die sie in den letzten Tagen zu erdrücken drohte. Und es freute ihn sehr das mit anzusehen und mit zu erleben.

Es war schon sehr spät geworden und die Gästeschar hatte sich gelichtet.

"Ich glaube, wir müssen jetzt auch langsam gehen", sagte Sebastian und war im Begriff um die Rechnung zu bitten.

"Nichts da!" entrüstete sich Dorothea laut, *"ich habe doch gesagt, dass ich euch einlade!"*

"Ist ja gut", versuchte Sebastian Dorothea zu mäßigen. Verena beobachtete das Geschehnis mit größter Heiterkeit.

"Herr Wirt! Die Rechnung bitte!" tönte Dorothea und es war nicht zu überhören, dass Freund Alkohol es sich schon recht gemütlich in Doro's Innenleben gemacht hatte.

Der Wirt brachte ihr Rechnung und Dorothea zückte ihre "DC-Karte in Gold".

"Wir nehmen keine Kreditkarte!" sagte der Wirt und zuckte dabei mit den Schultern.

"Das macht nichts", sagte Dorothea und zog einen Fünfhunderteuroschein aus ihrer Börse.

"Haben Sie es nicht kleiner?" fragte der Wirt zaghaft.
Und noch bevor Dorothea darauf eingehen konnte, hatte Sebastian die Rechnung schon bezahlt.

"So ein Saftladen!" schimpfte Dorothea. *"Keine Kreditkarten; wo gibt es denn so etwas!"*

"Das ist kein Sternelokal. Es hat erst vor Kurzem eröffnet und ist noch auf Gästesuche!" intervenierte Verena.

Der Wirt kam zurück an den Tisch mit drei Getränken auf einem Tablett.

"Wir hoffen, Sie haben sich wohlgefühlt und es hat Ihnen geschmeckt!"

Sebastian bedankte sich und fragte den Wirt, ob er noch einen Kaffee haben könnte.

"Für mich bitte auch!" sagte Verena, *"Und bringen Sie noch einen für meine Schwester!"*

Inzwischen waren mehrere Personen aus der Küche gekommen und hatten an einem großen Tisch Platz genommen.

Einer der Männer hielt eine Buzuka in der Hand und begann darauf zu spielen. Und in kürzester Zeit verbreitete sich eine wunderbare Atmosphäre im Raum.

Der Wirt brachte den bestellten Kaffee und sagte: *"Wir sperren jetzt zu; aber Sie können gern noch bleiben, wenn Sie möchten!"*

"Das ist sehr freundlich von Ihnen; aber wir müssen leider gehen!" sagte Sebastian.

"Ich würde gern noch bleiben!" sagte Dorothea, *"ich liebe Buzuka-Musik!"*

Es war jedoch weniger der Klang dieses bauchigen Zupfinstruments, der Dorothea zu fesseln vermochte, als vielmehr der Mann, der sie spielte. Ein schwarzhaariger Helene mit der Figur eines griechischen Gottes.

"Ich glaube, es ist besser, wenn du mit uns mitkommst!" versuchte Sebastian Dorothea von ihrem Vorhaben abzuhalten.

"Lass sie!" sagte Verena, *"Barbie weiß schon, was sie tut!"*

"Genau!" sagte Dorothea. *"Bring meine kleine Schwester gut ins Bett; wir sehen uns dann zum Frühstück!"*

Sebastian fühlte sich nicht besonders wohl bei dieser Angelegenheit, fügte sich aber dem Diktat der beiden Schwestern.

Als er mit Verena am nächsten Morgen beim Frühstück saß, staunte er nicht schlecht. Die Tür ging auf und Dorothea erschien, in ihrem Schlepptau besagter griechischer Gott.

"Kaliméra, meine Lieben! Das ist Spyros, er wird mit uns frühstücken!"

Dieser lehnte jedoch - leicht befangen - dankend ab und entschwand.

Verena sah in das von Entsetzen geprägte Gesicht von Sebastian, der fragte: *"Hat der heute Nacht..."*

"Ja, der hat!" antwortete Verena und zu Dorothea gewandt: *"Und wie war er?"*

"Göttlich, liebe Schwester, einfach göttlich!"

"Das ist fein; das freut uns! Nichtwahr, mein Liebling?"

Verena hatte das Sebastian mit einem entwaffneten Lächeln gefragt, der sich außerstande sah in irgendeiner Form zu reagieren. Der Schock saß einfach zu tief.

Die beiden Schwestern quittierten den Vorgang mit einem lauten Lachen, an welchem Franziska ihre helle Freude gehabt hätte.

Am übernächsten Tag machte Dorothea folgende Mitteilung:

"Ich muss euch leider verlassen, meine Lieben. Mein Karl hat angerufen und mir gesagt, dass ich für ihn laufen soll."

Sebastian war von dieser Nachricht total entsetzt.

"Weiß Franziska, was du machst?" fragte er zaghaft.

"Natürlich!" lachte Dorothea, *"Was glaubst du denn?"*

"Und ist sie damit einverstanden?" bohrte Sebastian weiter.

"Anfänglich war sie es nicht", antwortete Dorothea, *"aber als sie sah, wie viel Geld ich dabei verdienen kann, war sie begeistert!"*

"Das kann ich mir nicht vorstellen! Das glaub ich nie und nimmer!" ereiferte sich Sebastian und sein Ton war schroffer geworden.

Die beiden Schwestern sahen einander erstaunt an.

"Was ist los mit dir?" fuhr Dorothea Sebastian an, *"Bist du jetzt total übergeschnappt?"*

"Halt! Halt!" mischte sich Verena ein und sagte zu Sebastian: *"Was glaubst du, was Dorothea beruflich macht?"*

Sebastian brauchte alle Kraft sich zu überwinden, um dann sagen zu können: *"Das ist doch offensichtlich! Verena geht auf den Strich!"*

Einem kurzen betretenen Schweigen folgte ein schallendes Gelächter. Verena und Dorothea konnten gar nicht mehr damit aufhören. Immer, wenn Verena beginnen wollte Sebastian aufzuklären, kam ihr ein neuer Lachanfall dazwischen.

Endlich brachte sie heraus: *"Doro ist ein Model!"* Und als Sebastian nicht darauf reagierte, legte sie nach: *"Dorothea ist ein Mannequin!"*

"Aber sie hat doch gesagt, dass sie für einen Kerl laufen geht. Und ich weiß, dass man gewisse Damen auch „Pferdchen" nennt, die für ihren „Kerl" laufen, also auf den Strich gehen!"

"Wo hast du denn diese Weisheit her?" fragte Dorothea.

"Von Heinfried Elwers, einem Studienkollegen, dessen Vater auf St. Pauli eine Bar betreibt."

"Ich schmeiß mich weg!" sagte Dorothea, *"wie schräg ist das denn!"*

"Ach, mein Liebling", sagte Verena, *"du hast dich da völlig verrannt. Erstens hat nicht ein Kerl Doro*

angerufen, sondern ein Karl. Ein ganz bestimmter Karl. Das ist ein kleiner Mann mit dunkler Brille und Pferdeschwanz. Und der macht ganz tolle Mode. Und zweitens bedeutet „laufen" in diesem Zusammenhang das gehen über den Laufsteg, den sogenannten „Catwalk".

"Mein Gott!" seufzte Sebastian, *"ich schäme mich zu Tode! Was hab ich mir nur dabei gedacht?"*

Er wandte sich zu Dorothea und sagte:

"Was ich getan habe, ist unverzeihlich. Ich werde dir nie mehr unter die Augen treten können!"

Sebastian wollte das Zimmer verlassen; aber Dorothea hielt ihn zurück.

"Bleib da," sagte sie, *"und komm einmal her!"*

Sebastian ging zaghaft auf Dorothea zu, seinen Blick leicht gesenkt.

"Es tut mir unendlich leid!" sagte er und er hatte große Mühe seine Tränen dabei zu unterdrücken.

Dorothea ging zu ihm hin und umarmte ihn.

"Jetzt mach aber halblang!" sagte sie, *"so schlimm war es doch gar nicht!"*

"Ist das dein Ernst?", drang es zögerlich aus Sebastian.

"Mein völliger Ernst! Ego te absolvo!"

Es war erstaunlich, dass Dorothea diesen Spruch der Vergebung aus dem Beichtstuhl rezitieren konnte; denn als sie das letzte Mal ihre Sünden gebeichtet hatte, war sie noch ein kleines Mädchen, das gar nicht wusste, was Sünde ist.

Als Dorothea sich von Verena und Sebastian verabschiedete, war dies von einer großen Herzlichkeit getragen.

"Auf Wiedersehn, kleine Schwester, ich habe dich lieb! Und schicke Basti zum Sexualkundeunterricht; er hat das dringend nötig!"

"Mach es gut, Barbie! Und pass auf, dass du auf dem Catwalk nicht stolperst! Du weißt, du musst bei der Hochzeit fit sein, wenn du unsere Trauzeugin sein willst!"

"Ist das war? Ihr wollt mich als eure Trauzeugin?" fragte Dorothea voll Entzücken.

"Ich nicht!" sagte Verena, *"aber der wilde Basti hat darauf bestanden!"*

Verena umschlang ihren künftigen Schwager, gab ihm einen dicken, fetten Kuss und raunte ihm ins Ohr:

"Pass ja gut auf meine kleine Schwester auf, du wilder Hengst, sonst bekommst du meine High Heels zu spüren!"

"Das mach ich ganz bestimmt, du Lieblings-schwägerin und danke, dass du mir verziehen hast!"

Dorothea fuhr los und schon bald entschwand sie ihren Blicken. Doch bereits in wenige Wochen würden sie sich wiedersehen.

"Glaubst du, Doro hat mir wirklich verziehen?" fragte Sebastian unsicher.

"Ganz bestimmt, mein Liebling", antwortete Verena, *"aller spätestens nach der nächsten Kurve hat sie die ganze Angelegenheit vergessen! Und jetzt bück dich einmal zu mir herunter!"*

Dann gab sie ihrem Basti einen Kuss und freute sich, dass sich ein Mann, der so berühmt war und in der ganzen Welt Konzerte gegeben hat, seine kindliche Naivität bewahrt hatte. Diesen Mann musste man einfach lieben. Und das tat sie mit all ihrer Kraft und aus tiefstem Herzen.

Die nächsten Tage verliefen in größter Betrieb-samkeit. Die Zimmer im ersten Stock wurden frisch gestrichen bzw. tapeziert und neue Vorhänge wurden aufgehängt.

Nichts erinnerte mehr dran, dass bis vor einiger Zeit die Großmutter von Verena noch hier gewohnt hatte. Es geschah auf Verenas Veranlassung.

Ein Zimmer wurde als Unterrichtsraum adaptiert und eines als Büro. In diesem hängte Sebastian ein Bild von Verenas Großmutter auf als kleine Remi-

niszenz an die liebe Dame, die Sebastian ja schließlich
auch gekannt hatte.

*"Die Wohnung im Erdgeschoss richten wir später
her!"* sagte Verena. Es wäre jetzt zu früh gewesen,
war es doch noch vor kurzer Zeit die Wohnung von
Franziska.

"Das hat ja keine Eile", sagte Sebastian, *"Hauptsache ist, dass wir jetzt unser eigens Refugium
haben."*

*"Jetzt müssen wir nur noch mein Klavier hierher
bringen lassen. Das brauche ich zum Komponieren!"*

"Aber wieso?" sagte Verena, *"wir können doch den
Flügel von Franziska herauf holen!"*

Im Wohnzimmer von Franziska stand ein echter
"Steinway Flügel". Ihr Vater hatte ihn für sie gekauft,
als Franziska angefangen hatte Musikunterricht zu
nehmen. Er sah es auch als Kapitalanlage.

Sebastian erinnerte sich, dass er manchmal mit
Franziska zusammen musiziert hatte. Er war damals
sogar ein wenig in Franziska verliebt, obwohl sie
etliche Jahre älter war als er.

Doch dann kam Bernhard und verdrehte ihr den
Kopf. Franziskas Vater mochte diesen Herrn von
Anfang an nicht. Franziska wurde schon sehr bald
schwanger, es wurde schnell geheiratet und das
Klavierspielen wurde immer weniger.

"Ich hätte mich nie getraut zu fragen, ob ich auf dem Flügel spielen darf", sagte Sebastian, *"es wäre mir wie ein Sakrileg vorgekommen!"*

"Ich bin ganz sicher, Franzi würde sich darüber freuen!" sagte Verena.

"Ich werde ihn in Ehren halten!"

Verena lächelte und sagte: *"Das weiß ich, mein Liebling!"*

Sebastian und Verena hatten über die bevorstehende Hochzeit gesprochen und Verena hatte den Wunsch geäußert in Bad Ischl zu heiraten und nicht im Dom zu Salzburg.

"In der Stadtpfarrkirche St. Nikolaus bin ich getauft worden und dort möchte ich auch getraut werden!" bat sie Sebastian und Sebastian war einverstanden.

Er war überrascht, dass Verena überhaupt kirchlich heiraten wollte; denn eigentlich hatte sie ja ihrem Herrgott abgeschworen.

Irgendein Wandel, von dem er nicht wusste, was es war, musste sich bei Verena vollzogen haben. Vielleicht hatte sie die Sache mit Franziska, im Speziellen das letzte Gespräch mit ihr, demütiger gemacht.

Aber was immer es auch gewesen sein mag, Sebastian war sehr froh darüber.

"Stephan wird schön schauen, wenn wir ihm unsere Absicht, nicht in Salzburg zu heiraten, mitteilen werden", sagte Sebastian und Verena antwortete:

"Lass mich das nur machen; ich habe da schon so eine Idee!"

Als sie am Wochenende nach Salzburg fuhren und sich mit Stephan verabredeten, hatte sich Verena schon einen Schlachtplan zurecht gelegt.

"Bevor wir unser Gespräch beginnen, gilt es eine dringende Formalität zu erledigen! Man bringe eine Flasche edlen Champagner und drei Gläser herbei!" sagte Verena zu Stephan, der ihrer Aufforderung unverzüglich nachkam.

"So, jetzt ist es soweit! Ein feierlicher Moment steht uns bevor. Zwei Menschen, die sich noch bis vor kurzem völlig fremd waren, bieten einander das DU-Wort an, küssen sich und sind von Stund' an Freunde!"

Mit diesem Monolog erhob Verena ihr Glas, stieß mit Stephan an, sagte "ich heiße Verena" und Stephan vice versa "und ich bin der Stephan".

"Und jetzt will ich einen Kuss, mein lieber Freund!", sagte Verena und näherte sich bedrohlich Stephans Mund.

Stephan wich aus und hauchte Verena einen Kuss auf die Wange.

"So geht das aber nicht!" spielte Verena die Entrüstete, *"bin ich denn so hässlich, dass du mir einen richtigen Kuss verweigerst?"*

Damit brachte sie Stephan ordentlich in Verlegenheit, der Hilfe suchend zu Sebastian schaute.

"So küsse sie doch endlich!" sagte Sebastian, *"sie wird sonst keine Ruhe geben."*

Stephan küsste Verena auf den Mund und zauberte damit ein triumphierendes Lächeln in Verenas Gesicht.
Danach setzte Verena ihren neuen Freund davon in Kenntnis, dass die Trauung in Bad Ischl stattfinden würde und nicht in Salzburg.

Und noch bevor Stephan seinen Einwand artikulieren konnte, wurde er von Verena entwaffnet:

"Könntest du dir vorstellen unser Trauzeuge zu sein?"

Und Stephan antwortete freudestrahlend:

"Es wäre mir eine Ehre und eine große Freude!"

"Dann wäre das auch geklärt", fuhr Verena in ihrem Plädoyer fort, *"jetzt gäbe es nur noch eine Kleinigkeit zu besprechen: Wie kommen wir von Bad Ischl nach Salzburg zur Hochzeitsfeier?"*

"Das übernehme ich!" kam es spontan aus Stephans Mund, *"das ist überhaupt kein Problem!"*

"Du bist der liebste Freund, den man sich wünschen kann", sagte Verena und Stephan strahlte, als hätte er gerade vom Weihnachtsmann ein Geschenk bekommen.

Sebastian war die ganz Zeit nur staunend daneben gesessen. Er konnte sich nicht vorstellen, dass irgendjemand dieser Frau einen Wunsch abschlagen könnte. Und das hatte nichts damit zu tun, dass sie in einem Rollstuhl saß.

Verena und Sebastian hatten mit Professor Wieland darüber gesprochen, ob die Teilnahme von Franziska möglich bzw. sinnvoll wäre.

"Ich würde Ihnen empfehlen Ihre Mutter mit in die Kirche zu nehmen. Das ist eine vertraute Umgebung, da wird sie sich wohl fühlen. Was jedoch die anschließende Fahrt und Feier in Salzburg betrifft, da würde ich Ihnen abraten."

Diese Einschätzung schien sinnvoll zu sein und überzeugte sowohl Verena als auch Sebastian.

Zwei Tage vor der Trauung traf Dorothea ein. Die Begrüßung war ebenso stürmisch wie herzlich.

"Willst du diesen alten Mann wirklich heiraten?" fragte sie Verena und Verena antwortete: *"Ich habe nichts anderes gefunden und ganz so übel scheint er mir doch nicht zu sein!"*

"Na gut; dann hast du meinen Segen, Rollmops!"

Verena strahlte, um ihrer großen Schwester ihre Dankbarkeit zu bezeugen und antwortete erwartungsgemäß: *"Danke, Barbie!"*

"Und was ist mit mir?" spielte Sebastian das Spiel der beiden Schwestern mit.

"Du musst niederknien!" sagte Dorothea und Sebastian tat wie geheißen.

Dorothea machte das Kreuzzeichen vor Sebastian uns sprach: *"Empfange auch meinen Segen, du Sünder und mache meine Schwester ja glücklich!"*

"Ich gelobe es!" antwortete Sebastian und dann lachten alle drei. Es war fast wie früher, als Sebastian mit den beiden Mädchen durch das Haus tollte. Nur eben, dass Franziska fehlte.

Als sie am Nachmittag bei Kaffee und Kuchen saßen, überreichte Dorothea Sebastian und Verena einen Umschlag mit den Worten:

"Das ist mein Hochzeitsgeschenk für euch! Ich möchte es euch schon heute geben, weil mir viel daran liegt, es in einem intimen Rahmen zu tun. Ich hoffe, das ist in Ordnung für euch!"

Verena entnahm dem Umschlag einen Gutschein und las vor:

Gutschein für 2 Personen
1 Woche Mailand im Hotel
Garabaldani Suites mit
Whirlpool und WLAN

Als sich die erste Aufregung bei Verena gelegt hatte, fügte Dorothea ergänzend hinzu:

"Die Suiten sind in einem alten Palast untergebracht, der nur 10 Gehminuten vom Mailänder Dom entfernt liegt. Wir werden uns dort sehen; aber natürlich nur, wenn ihr wollt. In der Zeit, in der ihr dort seid, findet die „Mailand Fashion Week" statt und mein Karli hat mich gebucht."

Verena konnte sich nicht verkneifen zu sagen: *"Weißt du, Basti, Doro ist dann wieder ein kleines, süßes Pferdchen!"*

Sebastian war diese Bemerkung mehr als unangenehm, war doch die Wunde seiner verbalen Verirrung noch nicht wirklich verheilt.

"Du bist gemein!" sagte Dorothea vorwurfsvoll zu ihrer Schwester, *"das war jetzt nicht wirklich schön!"*

Verena, die bemerkt hatte, dass ihr Mundwerk wieder einmal schneller als ihr Hirn war, streckte ihre Hand nach Sebastian aus und sagte:

"Bitte, verzeih mir, Liebster! Ich bin ein Scheusal! Es tut mir wirklich leid!"

Sebastian tat, was er immer tat, wenn sein Augenstern wieder einmal zu einem Rundschlag ausgeholt hatte, er verzieh ihr natürlich.

Und Verena, die schon wieder obenauf war, sprach zu Dorothea:

"Komm her, Lieblingsschwester, damit ich dich küssen kann!"

Und auch Dorothea beugte sich hinunter und nahm die Liebesbekundung in Empfang.

"Das ist ein wunderbares Geschenk, liebe Doro!" sagte Sebastian und umarmte sie, *"vielen Dank!"*

"Ich freu mich schon dich auf dem Katzensteg laufen zu sehen", sagte Verena und vermied bewusst das Wort "Catwalk".

Obwohl die Wahl des Wortes "Katzensteg" Zynismus erkennen ließ, meinte es Verena ehrlich. Sie hatte Dorothea noch nie bei der Ausübung ihres Berufes zugesehen.

"Dieses wunderbare Geschenk gehört unbedingt begossen!" sagte Verena und bat Sebastian eine Flasche Sekt zu holen.

Dorothea, die schon öfter beruflich in Mailand war, schwärmte den beiden von den Sehenswürdigkeiten vor, allen voran der Dom und die Scala.

"Ich habe übrigens meinen Karli angespitzt, dass er Karten für die Scala besorgt. Ich hoffe, dass es klappt!"

"Das sagst du ganz einfach so nebenbei?" sagte Verena völlig aufgeregt und mit glühenden Wangen, *"Karten für die Scala - das wäre der reine Wahnsinn!"*

Sebastian musste lächeln. Da saß eine Frau über dreißig in einem Rollstuhl neben ihm und freute sich wie ein kleines Mädchen. Das war einfach nur schön.

"Wir wollen morgen Nachmittag zu Franziska", sagte Sebastian zu Dorothea gewandt, *"kommst du mit?"*

"Ja, natürlich!" antwortete Dorothea und fragte:

"Wie geht es der Mamschi?"

"Es geht ihr soweit recht gut", antwortete Verena.

"Was heißt recht gut?" fragte Dorothea weiter, *"kann sie dich oder Basti erkennen?"*

Verena zögerte einen Augenblick mit ihrer Antwort, sagte dann aber:

"Das ist von Mal zu Mal verschieden. Aber es geht ihr gut!"

Letzteres sagte sie, um Dorothea zu beruhigen. Dass Franziskas Zustand immer schlechter wurde, verschwieg Verena ihrer Schwester.

Am nächsten Tag gingen die drei zu Franziska. Dorothea war zuvor noch schnell in die Stadt gegangen, um Blumen zu besorgen. Einen "Zauner-Stollen" hatte sie ebenfalls gekauft. Es war das Lieblingsgebäck von Franziska.

Auf dem Flur des Krankenhauses trafen sie auf Professor Wieland.

"Guten Tag, meine Damen! Grüß Gott, Herr Reinhart! Es ist schön, dass Sie Ihre Mutter besuchen kommen; sie wird sich sicher freuen!"

Verena musste heftig schlucken, um ihrem Mund nicht den Vortritt vor ihrem Hirn zu lassen. Sie verabscheute diese leeren Floskeln in Verbindung mit einem Menschen, der sich den größten Teil der Zeit über in seinem Schneckenhaus versteckt hielt.

Sebastian hatte es wohl bemerkt und sah Verena liebevoll und mit einer gewissen Dankbarkeit an. Was hätte es auch gebracht den Herrn Professor darauf anzusprechen. Und außerdem stand ja keinerlei böse Absicht dahinter.

Dorothea ging zum Bett der Mutter und umarmte sie.

"Hallo, Mamschi! Gut siehst du aus! Wir haben dir Blumen und einen „Zauner-Stollen" mitgebracht. Den magst du doch so gern!"

Franziska sah Dorothea mit leeren Augen an. Dann wanderte ihr Blick zu Verena und Sebastian.

"Wie geht es dir?" fragte Verena; jedoch nicht davon ausgehend, dass sie eine Antwort bekommen würde.

Franziska sagte etwas, was man aber nur schwerlich als Sprache bezeichnen konnte.

Dorothea konnte dem versteinerten Gesicht von Franziska und ihrem Wortgestammel nicht standhalten. Mit den Worten "Ich hole eine Vase!", verließ sie fluchtartig das Zimmer.

Verena wendete sich zu Sebastian um und bat ihn, er möge Dorothea nachgehen.

Als Sebastian auf den Flur trat, sah er Dorothea weinend in einer Ecke stehen. Er ging hin zu ihr und nahm sie behutsam in den Arm.

"Ich habe nicht erwartet, dass es so schlimm ist!" sagte sie schluchzend, *"Mamschi ist ja wie ein Zombie!"*

Die Bezeichnung "Zombie" überraschte Sebastian. Andererseits musste er zugeben, dass die Bezeichnung so verkehrt gar nicht war. Sie war halt nur etwas gewöhnungsbedürftig.

"Ich weiß", sagte Sebastian, *"es tut weh mit ansehen zu müssen, wie ein Mensch aufhört der zu sein, der er einmal war."*

"Macht euch das nichts aus?" fragte Dorothea, die inzwischen wieder aufgehört hatte zu weinen.

"Nicht mehr, liebe Doro!" sagte Sebastian, *"wir haben uns schon daran gewöhnt. Aber am Anfang war es für uns genauso schlimm!"*

"Kann man sich überhaupt daran gewöhnen?"

"Man muss! Sonst geht man daran zugrunde! Und das Bewusstsein, dass Franziska keine Schmerzen hat, hilft dabei!"

"Gehen wir wieder hinein?" fragte Sebastian.

Dorothea nickte. Als sie das Zimmer betraten, sahen sie, dass Verena die Hand von Franziska hielt und ihr von der bevorstehenden Hochzeit erzählte.

Es hatte den Anschein, als würde ihr Franziska zuhören und Sebastian glaubte sogar in Franzis Gesicht den Anflug eines zarten Lächelns bemerkt zu haben.

Stephan kam schon einen Tag vor der Hochzeit. Oma Hauser hatte das Gästebett im Erdgeschoss für ihn hergerichtet und Dorothea schlief in Franziskas Zimmer.

Dorothea hatte vorgeschlagen einen Polterabend im "Akropolis" zu veranstalten, was Verena jedoch mit der Begründung ablehnte, dass ihr das zu viel sein könnte.

Es tat ihr fast ein wenig leid, dass sie damit Dorothea die Möglichkeit nahm eventuell ihren "griechischen Gott" wieder zu treffen.

"Aber ein wenig poltern tun wir schon?" sagte Dorothea, *"wir können es ja zuhause machen!"*

"Damit bin ich einverstanden!" sagte Verena.

"Ich hätte großen Appetit auf Pizza! Wer noch?"

Und welch ein Wunder, alle waren hellauf von der Idee begeistert. Es wäre auch niemand auf die Idee gekommen der Braut diesen Wunsch abzuschlagen.

"Die Villa ist wunderschön!" sagte Stephan, *"das wäre eine wunderbare Location für ein kleines, feines Restaurant!"*

"Mach uns ein Angebot, das wir nicht abschlagen können!" sagte Dorothea scherzhaft.

"Im Ernst?" fragte Stephan.

"Auf keinen Fall!" antwortete Verena und sah Dorothea strafend an. *"Das ist mein Elternhaus und es gehört immer noch meiner Mutter!"*

Sie hatte bewusst von „ihrem Elternhaus" und von „ihrer Mutter'" gesprochen, so als wolle sie Dorothea für ihre unbedachte Äußerung bestrafen.

Dorothea war das nicht entgangen, und sie schaute Verena mit einem Blick an, so als wolle sie damit sagen: *"Entschuldige! Es war doch nur ein Scherz!"*

"Ich denke, wir sollten langsam Schluss machen! Morgen ist ein anstrengender Tag!"

Es war Sebastian, der das Ende der kleinen Feier ankündigte.

"Ich gehe noch ein wenig in die Stadt!" sagte Dorothea, *"wollen Sie mich vielleicht begleiten?"*

Die Frage war an Stephan gerichtet, der jedoch dankend ablehnte.

"Na gut! Dann bis morgen!"

"Mach nicht zu lang, Doro!" sagte Verena mahnend, *"vergiss nicht, du bist unsere Trauzeugin und solltest morgen einigermaßen nüchtern sein!"*

Stephan hatte aufmerksam zugehört und schaute etwas verwundert zu Sebastian.

"Schlaf gut, lieber Freund!" sagte Verena *"und gib mir noch einen Gutenachtkuss!"*

Stephan küsste Verena auf beide Wangen und wünschte ihr ebenfalls eine gute Nacht.

"Ich komme gleich nach!" sagte Sebastian.

Als Verena außer Hörweite war, fragte Stephan:

"Was war denn das gerade? Wie ist denn deine Schwägerin drauf?"

Sebastian erzählte Stephan, dass Dorothea ein Model wäre und dass sie gerne Party machen würde, aber sonst völlig in Ordnung sei. Und dann sagte er noch zu ihm:

"Verriegle heute Nacht fürsorglich deine Türe; Doro ist eine Tigerin, die gerne Männer verspeist!"

Dann wünschte auch er dem Freund eine gute Nacht, stieg die Treppe hinauf und ließ ihn ratlos zurück.

Als sie am nächsten Morgen beim Frühstück saßen, sagte Dorothea zu Verena und Sebastian:

"Ich soll euch von Spyros lieb grüßen! Er wünscht euch alles Gute zur Hochzeit!"

"Ich habe es mir gedacht", lachte Verena und Sebastian schüttelte den Kopf.

"Wir essen nach der standesamtlichen Trauung in der „Rettenbachmühle" eine Kleinigkeit, damit der Magen nicht so überladen ist, wenn wir am Nachmittag in die Kirche gehen!" informierte Sebastian Stephan und Dorothea.

"Dort gibt es herrlich frische Forellen!" fügte Verena ergänzend hinzu.

Für den Trauungsakt auf dem Standesamt hatte Verena ihr "kleines Schwarzes" angezogen. Das eigentliche Hochzeitskleid wollte sie erst für die Kirche anziehen.

Sebastian hatte Verena angeboten einen Doppelnamen zu wählen; aber Verena hatte abgelehnt.

"Ich möchte mich voll zu dir bekennen, mein Liebster!" sagte Verena, *"auch mit dem Namen!"*

"Das ist ein wunderbares Geschenk, mein Engel!" sagte Sebastian und ihm wurde einmal mehr bewusst, wie wunderbar diese Frau war.

"Ich gratuliere Ihnen herzlich und wünsche Ihnen alles Gute für Ihren gemeinsamen Lebensweg!" sagte der Standesbeamte und in diesem Augenblick waren Verena und Sebastian ein frischgebackenes Ehepaar.

Dorothea und Stephan schlossen sich an und nur wenige Minuten später saßen sie bei "Forelle, Petersilerdäpfel und Salat".

Als sie später in die Kirche gingen, war Verena leicht niedergeschlagen. Sie hätte sich so sehr gewünscht, dass Franziska die Trauung miterleben könnte; aber es war nicht möglich. Ihr allgmeiner Zustand hatte sich in letzter Zeit eklatant verschlechtert.

Verena trug für die kirchliche Trauung einen auberginefarbenen Hosenanzug und Sebastian seinen hellgrauen Smoking, den er schon am Vormittag getragen hatte.

Als sie die Kirche betraten, war Verena erstaunt, dass so viele Leute da waren. In der vordersten Reihe saßen Oma Hauser, ihr Sohn mit Schwiegertochter und den Enkeln. Und daneben saß Isabella, die Frau von Stephan, die gerade noch rechtzeitig zur Trauung aus Salzburg angereist war.

Die dahinter sitzenden Leute erkannte Verena erst, als sie näher gekommen war. Es waren ehemalige Mitschüler vom hiesigen Gymnasium. Nach ihrem Unfall hatte Verena jede Einladung zum Klassentreffen ignoriert.

Es war wohl Paul, der Sohn von Oma Hauser, der das initiiert hatte; denn er war einer der früheren Mitschüler. Und auf diese Weise fand das Klassentreffen in der Kirche statt.

Verena freute sich sehr, als sie das erkannte. Es vermochte sogar ihre Traurigkeit vergessen lassen, die sie noch bis vor wenigen Augenblicken umfangen hatte.

Eines jedoch beunruhigte sowohl Verena als auch Sebastian: Stephan war verschwunden.

"Es ist alles in Ordnung", wirkte Dorothea auf die beiden ein, *"er wird gleich kommen!"*

Die Orgel hatte bereits den obligaten Hochzeitsmarsch intoniert und die Brautleute waren beim Altar angekommen. Der Herr Pfarrer begrüßte mit süßen Worten die Ehewilligen und warf dann einen bedeutungsvollen Blick hinauf zur Empore.

Und dann erklang das unvergleichlich schöne "Ave Maria" von Bach/Gounod. Die Orgel spielte die Einleitung und dann fiel eine Geige sanft mit ein und erfüllte die Kirche mit ihrem wunderbaren Klang.

Noch bevor sich die Brautleute erstaunt umdrehten, wusste Sebastian schon, wer diese Geige spielte. Stephan hatte das Geigenspielen wohl doch nicht ganz an den Nagel gehängt.

Verenas Augen wurden feucht und Sebastian hatte Mühe ihr nicht zu folgen.

Danach las der Pfarrer den Trauungstext aus einem Buch, den er - selbst nach vielen Jahren - noch immer nicht auswendig konnte und fragte dann: *"Willst du?"* und dann noch einmal *"Und willst du?"*

Verena und Sebastian bekundeten mit größter Überzeugung, dass sie beide wollten und Hochwürden sprach die bedeuteten Worte: *"Sie dürfen die Braut jetzt küssen!"*

Die Brautleute küssten sich und Hochwürden bat die versammelte Gemeinde noch einen Augenblick Platz zu behalten. Dann folgte ein weiterer bedeutender Blick hinauf zur Empore.

"Ich bete an die Macht der Liebe!"

Könnte es einen passenderen Text zu einem solchen Anlass geben als dieses Lied?

Dieses alte Kirchenlied erklang aus vielen Kehlen und erfreute die ganze Hochzeitsschar. Ein heftiges Schnäuzen, vorwiegend von den anwesenden Damen, mischte sich unter die gesangliche Darbietung.

"Das war unser lieber Kirchenchor", verkündete der Herr Pfarrer und fuhr fort:

"Verena war früher aktives Mitglied in diesem Chor und der Chor hat es sich nicht nehmen lassen der Braut und ihrem Bräutigam mit ihrem Gesang eine Freude zu bereiten!"

"Und nun gehet hin mit dem Segen des Herrn!"

Mit diesem Spruch leitete der Herr Pfarrer die Beendigung seiner Amtshandlung ein. Was er zu diesem Zeitpunkt nicht wusste, war die Tatsache, dass er wohl schwerlich zur anschließenden Feier gebeten werden würde, denn für die Hochzeitsgesellschaft stand schon ein kleiner Bus zur Abfahrt bereit.

Bevor sie abfuhren, bedankte sich Verena bei den Mitgliedern des Kirchenchors und nahm die vielen Glückwünsche ihrer Schulkameraden und Kameradinnen entgegen.

Stephan, der von dem geplanten Auftritt des Kirchenchors wusste, übergab der Chorleiterin einen Umschlag mit einer angemessenen Geldspende.

Und dann hieß es: *"Alles einsteigen und ab zur Hochzeitstafel nach Salzburg!"*

"Das war eine wunderschöne Hochzeit!" sagte Verena, *"ich bin noch ganz benommen! Aber jetzt muss ich noch zwei Dinge erledigen!"*

Sie bat Stephan und Isabella, sie möchten zu ihr kommen. Verena saß in ihrem Rollstuhl, der anstelle einer heraus genommenen Sitzbank im hinteren Teil des Busses festgemacht worden war.

Als Stephan vor ihr stand, streckte sie ihre Arme nach ihm aus und Stephan beugte sich zu ihr hinunter.

"Sie müssen jetzt sehr stark sein!" sagte sie zu Isabella gewandt, *"denn ich werde jetzt Ihren Mann küssen!"*

Verena küsste Stephan auf den Mund und Stephan ließ es zu. Was hätte er sonst auch tun sollen? Gegen diese Frau war einfach kein Kraut gewachsen und Stephan gefiel das.

"Du mein lieber, guter und treuer Freund!" begann Verena ihre Laudatio auf Stephan zu halten, *"du kannst gar nicht ermessen, welche große Freude du Basti und mir gemacht hast. Das werde ich dir nie vergessen! Ich bin sehr glücklich, dass ich mit dir befreundet sein darf!"*

Dann wendete sich Verena an Isabella, die - etwas unbeholfen wirkend - diese Dankeszeremonie mit verfolgt hatte und sagte:

"Liebe Gattin dieses Prachtexemplars von einem Mann! Ich heiße Verena - lass uns „Du" zueinander sagen und Freundinnen werden. Das wäre ein wunderbares Hochzeitsgeschenk, worüber ich mich sehr freuen würde!"

"Das will ich gern tun, liebe Verena!" sagte Isabella, beugte sich hinunter und umarmte Verena.

Der Bus und der PKW von Paul waren inzwischen beim Restaurant "Glockenspiel" angekommen. Paul und seine Familie fuhren mit dem eigenen Auto, weil sie am Abend wieder nach Ischl zurück wollten.

Pauls Sohn, der ja schon öfter Verenas Chauffeur war, hatte sich anerboten zu fahren. Und hinzu kam, dass Oma Hauser lieber in ihrem eigenen Bett schlafen wollte.

Die Hochzeitstafel, die Stephan hatte herrichten lassen, war eine Augenweide und das Hochzeitsmenü war ein Gaumenschmaus par excellence. Stephan hatte die Brautleute gebeten, sie mögen Wünsche für das Hochzeitsessen äußern; aber Verena und auch Sebastian überließen Stephan die Auswahl der Speisen.

Hochzeitsmenü

Mariniertes Backhenderl auf
Erdäpfelpüree mit Trüffelöl

Bouillon mit Milzschnitte

Gedünstete Beiriedroulade mit
Erdäpfelgratin und Spinatnockerln

Grand Marnier Parfait mit Orangensabayonne

****

Sebastian hatte Frau Körner eingeladen, welche Dorothea nach der Feier in Sebastians Wohnung mitnehmen sollte. Dorothea würde dort schlafen und sich am nächsten Morgen wieder mit Verena und Sebastian vereinen.

Für das Brautpaar hatte Stephan die Hochzeitssuite herrichten lassen. Sie sollten die Hochzeitsnacht ungestört genießen können.

Um Punkt Mitternacht wurde die Hochzeitstorte aufgetragen. Stephan hatte sie extra beim Zauner in Bad Ischl anfertigen lassen.

Es war nicht allzu weit nach Mitternacht, als sich Familie Hauser verabschiedete.

"Die Oma ist schon sehr müde; sie möchte in ihr Bett!" sagte Paul und bedankte sich für die Einladung.

"Das war doch selbstverständlich", sagte Verena, *"ihr gehört ja irgendwie auch zur Familie!"*

"Es ist nur schade, dass Franziska nicht mitkommen konnte", sagte Oma Hauser und schickte hinterher: *"Kann ich vielleicht ein Stück Hochzeitstorte haben? Ich tät sie dann morgen Franziska bringen!"*

"Ich lass dir was einpacken!" sagte Verena, *"für euch alle!"*

Sie musste schlucken, als Oma Hauser das sagte. Sie umarmte sie und wünschte "eine gute Heimfahrt".

Jetzt waren nur noch das Hochzeitspaar und Isabella mit Stephan übrig.

"Ich hoffe, es hat alles gepasst und es hat euch gefallen?" fragte Stephan.

"Das ist ja wohl überhaupt keine Frage!" sagte Verena, *"es war einfach wunderbar! Ich weiß gar nicht, wie wir uns bedanken können? Es war ein Traum!"*

"Und wohin geht die Hochzeitsreise?" fragte Isabella, *"oder gibt es gar keine?"*

"Darüber haben wir überhaupt nicht gesprochen!" sagte Verena, *"das hat sich irgendwie nicht ergeben!"*

"Keine Hochzeitsreise?" fragte Stephan und in seiner Stimme schwang ein wenig Enttäuschung mit.

Sebastian hatte unbemerkt in die Innentasche seines Smokings gegriffen und ein Kuvert entnommen.

"Was ist das?" fragte Verena.

"Eine kleine Überraschung, mein Herz!" antwortete Sebastian, entnahm den Inhalt des Kuverts und überreichte ihn Verena.

"Paris! Eine Reise nach Paris!" jubelte sie laut und fügte erschrocken hinzu: *"Aber das ist ja schon morgen!"*

"Eigentlich schon heute", antwortete Sebastian, denn es war ja schon nach Mitternacht. *"Und deshalb müssen wir jetzt bald ins Bett, mein Engel!"*

Verena war ganz aus dem Häuschen.

"Du bist ja völlig verrückt! Wie soll das gehen? Wir haben ja noch nicht einmal gepackt!"

"Deine Sachen hat Doro heimlich eingepackt und mein Koffer steht auch schon in der Wohnung parat!" antwortete Sebastian. *"Nach dem Frühstück, fahren wir in die Wohnung, ziehen uns um und dann geht 's ab zum Flughafen!"*

"Die Überraschung ist dir gelungen, mein Lieber!" sagte Stephan anerkennend, *"jetzt gibt es noch einen Schlummertrunk und dann schnell ab in die Heia!"*

Die vier Freunde tranken noch ein letztes Glas Champagner, stießen auf ihre Freundschaft an und begaben sich dann zur Ruhe.

Sebastian trug Verena über die Schwelle der Hochzeitssuite und liebte in dieser Nacht zum ersten Mal seine wunderbare Ehefrau.

"Bienvenue á Paris!"

Mit diesen Worten wurden die Hochzeitsreisenden von einem Herrn begrüßt, der alle Klischees bediente, die auf einen echten Franzosen anwendbar sind:

Baskenmütze, Menjou-Bärtchen, umwoben von einer Unmenge Charme und mit einem Blumenstrauß bewaffnet.

Sebastian ging auf den Herrn zu und umarmte ihn. Dann sagte er zu Verena:

"Liebling, darf ich dir meinen alten Freund Jaques vorstellen!"

Danach stellte Sebastian seine Liebste dem Freund vor:

"Jaques, das ist meine wunderbare Frau Verena, mit der ich das Glück habe seit gestern verheiratet zu sein!"

"Enchanté!" sagte Jaques, küsste Verena die Hand und überreichte ihr die Blumen. *"Es ist mir eine ganz besondere Freude, liebe gnädige Frau, Sie in Paris begrüßen zu dürfen!"*

"Vielen Dank! Aber bitte nennen Sie mich Verena!"

"Sehr gern, Verena!" antwortete Jaques.

Verena empfand sofort Sympathie für diesen Mann mit den perfekten Manieren. Und die Art, wie er ihren Namen aussprach, entzückte sie. Die mittlere Silbe war kurz gehalten und mit Betonung auf der letzte Silbe. Das verlieh ihrem Namen eine gewisse Grandezza.

"Jaques stellt uns für die Dauer unseres Aufenthaltes seine Wohnung zur Verfügung", riss Sebastian Verena aus ihren Gedanken.

"Und wo wohnen Sie?" fragte Verena.

"In meiner Kanzlei in der Stadt!" antwortete Jaques, *"so erspare ich mir das tägliche Pendeln zwischen Arbeitsplatz und Wohnung. Der Verkehr in Paris ist mörderisch; das werden Sie schon sehen!"*

"Haben Sie keine Familie? fragte Verena weiter.

"Mais oui!" antwortet Jaques, *"Veronique wohnt den Sommer über auf dem Land. Und ich besuche sie immer am Wochenende!"*

Verena erfuhr nach und nach, dass Jaques ein Freund von Sebastian aus Studienzeiten war. Jaques hat zur selben Zeit wie Sebastian am Mozarteum Klavier studiert. Sein Talent hat jedoch nicht ausgereicht, um ein großer Solist zu werden. Das führte dazu, dass Jaques sein Studium abbrach. Er wandte sich den Rechtswissenschaften zu und wurde Notar.

Das Haus von Jaques lag in der "Rue de Satory", unweit vom Schloss Versailles.

"Das ist ja märchenhaft!" sagte Verena begeistert, als sie das bemerkte, *"können wir das Schloss besichtigen?"*

"Bien sûr!" sagte Jaques, *"ihr bekommt eine Privatführung ohne Touristen!"*

"Wie ist das möglich?" fragte Sebastian überrascht.

"Verwandte sind meist lästig; aber manchmal können sie auch hilfreich sein. Mein Schwager Armand ist Verwalter im Schloss und ich habe ihn gebeten die Führung für euch zu organisieren!"

"Und können wir auch in den Park?" fragte Verena.

"So oft und so lange, wie ihr wollt!"

"Darf ich Sie umarmen, Jaques?" fragte Verena in ihrer unwiderstehlichen Art.

Und Jaques antwortete mit einem Lachen wieder:

"So oft und so lange, wie Sie wollen!"

Jetzt lachten alle drei und Verena umarmte Jaques mit großer Herzlichkeit.

Als sie angekommen waren, zeigte Jaques seinen Gästen die Wohnung.

"Ich habe euch ein Handy besorgt, das ihr während eures Aufenthaltes benützen könnt. Meine Privatnummer und die Nummer der Kanzlei sind eingespeichert. Wenn ihr etwas braucht, dann ruft einfach an. Im Kühlschrank liegt Champagner; bedient euch bitte! Ich werde euch jetzt allein lassen und komme morgen gegen 10 Uhr wieder. Dann frühstücken wir gemeinsam und können alles Weitere besprechen!"

"Du kannst jetzt nicht gehen, Jaques", sagte Sebastian, *"du musst doch mit uns auf unsere Hochzeit anstoßen!"*

"Das mache ich sehr gern! Ich dachte nur, ihr seid müde von der Reise!"

"Noch einmal herzlich willkommen!" sagte Jaques, als er mit Verena und Sebastian anstieß.

"Wollt ihr nicht „Du" zueinander sagen?"

Dieses Mal war es Sebastian, der die Initiative ergriff und Verena freute sich darüber.

Als die Flasche leer war, verabschiedete sich Jaques und bat die Verliebten, sie mögen sich Gedanken darüber machen, welche Sehenswürdigkeiten sie gern besichtigen möchten.

"Kannst du nicht ein Programm für uns entwerfen?" fragte Verena und Jaques antwortete:

"Ich zeige euch gern mein Paris, wenn ihr wollt; es wäre ein großes Vergnügen für mich!"

"Hättest du denn Zeit?" fragte Sebastian und Jaques antwortete:

"Hast du geglaubt, ich lade euch ein und kümmere mich dann nicht um euch? Das ist schon beinahe eine Beleidigung für mich!"

Letzeres hatte Jaques mit einem Augenzwinkern gesagt und Sebastian ging darauf ein:

"Ich kann nur hoffen, dass du mir diesen Fauxpas verzeihen kannst, lieber Freund!"

"Ausnahmsweise", antwortete Jaques, *"aber nur, weil du eine so wunderschöne und bezaubernde Frau hast!"*

Schon bald, nachdem Jaques gegangen war, legten sich Verena und Sebastian nieder. Sie hatten nur das Notwendigste aus ihren Koffern genommen. Die vergangenen Tage waren doch sehr kräftezehrend gewesen.

"Bist du glücklich?" fragte Sebastian, als er neben Verena lag und sie liebevoll streichelte.

"So sehr, dass ich Angst habe, ich könnte gleich aufwachen und alles wäre nur ein Traum gewesen!"

"Das darfst du noch nicht einmal denken", sagte Sebastian, *"du hast es mehr als irgend ein anderer Mensch verdient glücklich zu sein!"*

Verena küsste Sebastian und sagte: *"Du bist ein ganz wunderbarer Mann, Basti! Ich liebe dich!"*

"Ich liebe dich auch!" sagte Sebastian, *"und jetzt schlafe! Wir müssen morgen fit sein!"*

Als Jaques am nächsten Morgen in die Wohnung eintrat, brachte er den Duft von frischem Baguette und Croissants mit.

Sebastian hatte schon den Kühlschrank inspiziert und Butter, Marmelade, Käse und Pastete auf den Tisch gestellt. Und die Kaffeemaschine verkündete deutlich vernehmbar, dass ihre Arbeit auch getan sei.

Nach dem Frühstück machte Jaques einen Vorschlag für den ersten Ausflug:

"Das Nonplusultra für jeden Touristen ist zweifellos der Eifelturm. Ich werde euch aber woanders hin führen. Wir besteigen den „Tour Montparnasse", von ihm hat man den schönsten Blick über ganz Paris!"

"Geht das überhaupt mit dem Rollstuhl?" fragte Sebastian besorgt.

"Er hat dir doch sicher gesagt, dass er dich auf Händen tragen würde", sagte Jaques zu Verena, *"und wenn er zu schwach dazu ist, dann werde ich das tun!"*

Verena lachte über den erstaunten Ausdruck in Sebastians Blick. Sie hatte sofort gemerkt, dass Jaques einen Scherz gemacht hatte.

"Keine Bange, mein Freund, der Turm hat einen Lift, der uns in nur 38 Sekunden 59 Stockwerke hinauf schießt!"

Als sie vor das Haus traten stand ein Van davor, den Jaques als "Taxi für die kommenden Tage" vorstellte.

Eine knappe Stunde später fuhren sie mit dem Lift auf die Plattform des "Tour Montparnasse" und genossen den Blick über die Stadt.

"Nun; habe ich zu viel versprochen?" fragte Jaques mit sichtlichem Stolz.

"Nein!" antwortete Verena, *"es ist unbeschreiblich schön! Und das Tolle; ich kann alles gut sehen, weil die Verglasung der Umrandung bis auf den Boden reicht!"*

"Wie du siehst, Verena, hat Paris außer einem Herz für Verliebte auch Verständnis für Menschen mit Handicap!"

Verena lächelte und fragte sich, warum Jaques nicht "Behinderte" gesagt hatte, sondern "Menschen mit Handicap". War es aus einer sprachlichen Not heraus oder war es das Feingefühl dieses Mannes?

Sie entschied sich für die "Feingefühl-Variante". Jaques war ihr, obwohl sie ihn erst wenige Stunden kannte, schon ans Herz gewachsen. Er passte, wie auch Stephan, gut zu ihrem Sebastian.

"Wenn es euch nicht zu anstrengend ist, dann fahren wir jetzt zum „Montmartre" und besuchen die Basilika „Sacré Coeur" sagte Jaques.

"Geht es dir gut, mein Engel?" fragte Sebastian, *"wollen wir das machen, was Jaques vorgeschlagen hat?"*

"Unbedingt, mein Liebling", antwortete Verena und war einmal mehr berührt von der Fürsorge ihres Sebastians.

Als sie vor der Basilika standen, zeigte Jaques auf ein hohes Gebäude, welches man in der Ferne ausmachen konnte.

"Das ist der Turm, auf dem wir noch vor ein paar Minuten gestanden sind!"

Und tatsächlich erkannten Verena und Sebastian den "Tour Montparnasse".

"Wollt ihr auch hinein gehen?" fragte Jaques im Hinblick auf die vielen Touristen.

"Ja", antwortete Verena, *"ich möchte schon!"*

Sie gingen hinein und mischten sich unter die vielen Besucher, die unentwegt fotografierten, obwohl überall Tafeln mit Fotografierverbot angebracht waren.

Vor einem kleinen Seitenaltar verharrte Verena und zündete zwei Kerzen an. Eine für die verstorbene Großmutter und eine für Franziska mit der Bitte, es möge ihr gut gehen.

Dann geschah etwas Unerwartetes.

Verena bekreuzigte sich, faltete die Hände und sprach ein Gebet. Sie dankte Gott, dass er ihr Sebastian geschickt hatte und dass sie glücklich sein durfte und sie bat ihn, er möge all die lieben Menschen beschützen, die sie in den letzten Tagen und Wochen als Freunde neu dazu gewonnen hatte.

Verena hatte nicht zur Kirche zurück gefunden; aber zu Gott.

Als sie die Kirche wieder verlassen hatten, machten sie noch einen Sprung zum Montmartre.

"Für die Pariser ist das ein trauriger Anblick", sagte Jaques. *"Von dem Flair vergangener Tage ist leider nicht mehr viel übrig. Der Montmartre ist zu einer reinen Touristenattraktion verkommen, zu einem Jahrmarkt!"*

Obwohl Sebastian und Verena den Montmartre aus vergangener Zeit nur aus Schilderungen von Romanen kannten, konnten sie sich vorstellen, was Jaques meinte.

"Ich weiß nicht, wie es euch geht", fragte Verena, *"ich habe Hunger!"*

"Mögt ihr Fisch?" fragte Jaques.

Verena und Sebastian bejahten Jaques Frage.

"Dann fahren wir an die Seine. Ich kenne ein kleines, feines Fischrestaurant, etwas abgelegen, wo nicht sehr viele Touristen hinfinden!"

Das Lokal "La Mère Mignon" war ein gemütliches Lokal mit nur ein paar Tischen. Mit der Hilfe eines netten Kellners schafften Jaques und Sebastian einen Platz, an dem sie gut sitzen konnten.

Dann wurden frische Austern aufgetischt und dazu frisches angeröstetes und mit Olivenöl beträufeltes Baguette. Ein "Chablis Premier Cru" war der perfekte Begleiter zu diesem Gaumenschmaus.

"Jetzt verstehe ich den Ausspruch „Leben wie Gott in Frankreich", sagte Verena, erhob ihr Glas und mit einem „Vive la France!" prostete sie ihren beiden Begleitern zu.

Nach diesem lukullischen Highlight brachte Jaques seine Gäste zurück in die Wohnung.

"Nachdem heute ein schöner und klarer Abend zu werden scheint und wenn ihr nicht zu müde seid, würde ich euch gern um 19 Uhr wieder abholen und zu einer Fahrt auf der Seine einladen!" sagte Jaques.

"Das wäre sehr schön!" antwortete Verena spontan. *"Wir legen uns jetzt ins Bett und ruhen uns ein wenig aus und um 19 Uhr stehen wir bereit!"*

"D'accord!" sagte Jaques, *"dann bis später!"*

Die Fahrt auf der Seine mit dem "Bateau-Mouche" war ein eindrucksvolles Erlebnis. Die drei Freunde saßen auf dem offenen Oberdeck und ließen die vielen Sehenswürdigkeiten, die von Schweinwerfern angestrahlt wurden, an sich vorüber gleiten.

Als das Boot wieder am Ufer anlegte, erwartete sie der hell erleuchtete Eifelturm, der zwischenzeitlich immer wieder durch wild blinkende Lichter auf sich aufmerksam machte.

Auf der Rückfahrt zur Wohnung von Jaques konnte Verena gar nicht aufhören von der wunderschönen Bootsfahrt zu schwärmen.

"Das war so unglaublich schön", sagte sie, *"das werde ich niemals vergessen! Ich danke euch beiden von ganzem Herzen! Ihr seid meine Helden!"*

Die nächsten Tage vergingen wie im Flug. Der Höhepunkt war ohne Zweifel die Privatführung durch das "Schloss Versailles".

Der Hauch der Geschichte war deutlich zu spüren, als Verena und Sebastian - ohne das Lärmen und Drängen von irgendwelchen Touristen - die vielen, imposanten Räume des Schlosses durchstreiften.

Am imposantesten waren ohne Zweifel der berühmte "Spiegelsaal" und die "Schlachtengalerie" mit ihrem Glasdach.

Der Rundgang war sehr anstrengend und der anschließende Besuch der Parkanlage verschaffte dem müden Körper eine willkommene Erholung.

Man hätte noch viele Stunden, wenn nicht Tage gebraucht, um all die Pracht und Herrlichkeit zu verinnerlichen; aber die beiden ließen es dabei bewenden.

"Magst du den Duft von Lavendel?"

Mit dieser Frage überraschte Jaques Verena.

"Ja!" antwortete Verena, *"ich glaube, den mag wohl jede Frau!"*

"Dann kannst du darin baden!" sagte Jaques und blickte in das fragende Gesicht von Verena.

"Wir fahren am Wochenende in die Provence zu Veronique; sie freut sich schon sehr euch kennen zu lernen. Von Sault nach Marseille sind es zwei Autostunden und von dort aus könnt ihr wieder zurück nach Salzburg fliegen!"

"Das kommt jetzt etwas überraschend", sagte Sebastian, der sich - wegen der langen Autofahrt - um Verena Gedanken machte.

"Wie lange fahren wir bis in die Provence?" fragte er Jaques und der antwortete: *"Etwas sieben Stunden!"*

Sebastians sorgenvoller Blick ging zu Verena und noch bevor er seine Bedenken äußern konnte, sagte sie zu Jaques: *"Ich freue mich schon sehr darauf deine Frau kennen zu lernen! Und natürlich auf den Lavendel!"*

Sebastian saß neben Jaques und Verena verbrachte die lange Fahrt halb liegend auf der Rückbank des Autos. Auf diese Weise überstand sie die lange Fahrt ohne größere Probleme, war aber dann doch sehr froh, als sie in Sault angekommen waren.

Sault ist ein kleines Dorf in der Hochebene der Provence und liegt auf einem kleinen Hügel. Es hat nur ca. 1400 Einwohner und ist mit eine der Hochburgen der Lavendelblüte.

Das kleine Haus, das ehemals den Eltern von Veronique gehörte, lag etwas außerhalb des Ortes, inmitten eines kleinen Olivenhains.

"Das ist ja wunderschön!" sagte Verena zu Sebastian, *"die Strapazen der langen Fahrt haben sich gelohnt!"*

"Hast du den vielen Lavendel gesehen?" fragte Sebastian.

"Gesehen und gerochen", antwortet Verena, *"es ist ein Erlebnis für alle Sinne!"*

Die letzten Kilometer der Fahrt waren sie an unzähligen blauvioletten Lavendelfeldern vorüber gekommen.

Veronique hatte die Ankunft ihres Gatten bemerkt und war vor das Haus getreten. Eine große, schöne Frau mit dunklen Augen und schwarzen, langen Haaren.

"Bienvenu!" rief sie den Ankömmlingen entgegen und strahlte über das ganze Gesicht. Sie gab erst ihrem Jaques einen dicken Kuss und wendete sich dann den Gästen zu.

"Das sind meine Freunde aus Autriche!" sagte er, *"Verena et Sebastian!"*

"Ich freue mich euch kennen zu lernen", sagte Veronique und begrüßte die Ankömmlinge auf französische Art mit einem Kuss rechts-links auf die Wange. *"Wie war die Fahrt?"*

"Lang und beschwerlich!" sagte Verena, *"aber wir sind sehr froh, dass wir hier sein dürfen!"*

"Dann kommt herein! Ihr werdet durstig sein! Und Hunger habt ihr sicher auch!

"Ich zeige euch das Zimmer und wenn ihr euch ein wenig frisch machen wollt, das Bad liegt genau daneben!" sagte Jaques.

Als sich Verena und Sebastian frisch gemacht hatten, bat sie Jaques an den Tisch hinter dem Haus. Veronique hatte Käse, Brot, Butter und Oliven hergerichtet.

"Greift zu!" sagte sie, *"das ist alles aus der Region. Der Wein übrigens auch."*

Der Duft von Lavendel zwängte sich zwischen den Olivenbäumen hindurch und umschmeichelte die Speisenden.

In der Ferne schickte sich die Sonne an, ihr Tagwerk zu vollenden und schaffte eine Kulisse, die schöner gar nicht sein konnte.

"Es ist unbeschreiblich", sagte Verena, *"so etwas habe ich noch nie erlebt. Der Duft ist betörend!"*

"Das ist noch gar nichts!", lachte Veronique, *"warte erst einmal, wenn der Wind stärker wird!"*

Verena hatte im Inneren des Hauses ein Bild von einem jungen Mann in Uniform gesehen, zusammen mit einer dunkelhäutigen Frau.

"Sind das deine Eltern?", fragte sie Veronique und erschrak, weil sie Veronique geduzt hatte.

"Entschuldigung!", sagte sie, "das ist mir jetzt einfach so heraus gerutscht!"

"Das ist schon in Ordnung", sagte Veronique, *"schließlich sind wir ja alle etwa im selben Alter! Und was deine Frage nach dem Bild betrifft, ja, das sind mein Vater und meine Mutter!"*

Und weiter in einem spaßigen Tonfall: *"Mein Vater war mit der Legion in Algerien und hat meine Mutter als Kriegsbeute mitgebracht."*

"Und aus dieser Verbindung entstand diese wunderschöne Wüstenblume!" ergänzte Jaques.

"Da ist er, der sprichwörtliche Charme des Franzosen", sagte Verena zu Sebastian, der das nicht unkommentiert lassen wollte und darauf antwortete:

"Das haben sie von uns Österreichern abgeschaut. Ich sage nur „Wiener Kongress", wenn du verstehst, was ich meine!"

"Natürlich, mein Liebling!", antwortet Verena und Veronique beendete das nicht ernst zu nehmende Wortscharmützel, indem sie sagte:

"Ich erkläre hiermit feierlich, dass ihr Österreicher uns Franzosen, was den Charme betrifft in nichts nachsteht und vice versa!"

Und Verena erhob ihr Glas und rief: *"Dazu sage ich JA und AMEN!"*

Die vier Freunde saßen noch lange zusammen, obwohl es, nachdem die Sonne endgültig unter gegangen war, merklich kühler wurde.

"Da möchte man gar nicht schlafen gehen!" sagte Verena, *"das ist eine einzigartige Nacht. Wir danken euch sehr, dass wir hier sein dürfen!"*

"Wir freuen uns, dass ihr hier seid und dass ihr euch wohlfühlt", sagte Veronique, *"ihr seid zwei wirklich liebe und sympathische Menschen!"*

"Ich denke, wir sollten jetzt aber langsam Schluss machen!", sagte Sebastian zu Verena, *"kleine Mädchen gehören ins Bett!*

"Du hast recht, mein Liebling, ich bin auch schon etwas müde!"

"Ich möchte morgen mit euch ein Stück auf der „Route de la Lavande" fahren. Ich denke, das wird euch gefallen!" sagte Jaques.

"Ja! Sehr gern!" antwortete Verena, *"kommt denn Veronique nicht mit?"*

"Wenn ihr das möchtet, komme ich natürlich gerne mit", sagte Veronique und sie freute sich sichtlich über Verenas Frage.

"Dann schlaft gut, ihr Lieben und träumt etwas Schönes!"

Mit diesen Worten fand ein wunderschöner Tag sein Ende. Kaum, dass Verena im Bett lag, war sie auch schon eingeschlafen. Sebastian schaute noch eine Weile in das Gesicht der Frau, die er ebenso sehr liebte wie bewunderte und die sein Leben so undendlich reich machte.

Als sie am nächsten Morgen zum Frühstück erschienen, war dieses noch nicht hergerichtet.

"Gibt es heute kein Frühstück?" fragte Verena etwas zaghaft.

"Doch, doch", sagte Veronique, *"nur etwas später!"*

Und Jaques fügte hinzu: *"Wir fahren ein Stück auf der „Route de la Lavande" zu unserem lieben Freund Petrus Vaillant. Er hat eine Imkerei und hat uns zu einem Frühstück unter freiem Himmel eingeladen. Es gibt Kaffee und frisches Baguette mit Lavendelhonig. Im Anschluss daran könnt ihr die Imkerei besichtigen und alle Provence-Honigsorten probieren!"*

"Das ist ja herrlich!" sagte Verena voller Begeisterung, *"ich liebe Honig!"*

Als sie bei der Imkerei ankamen, wurden sie schon erwartet. Und dann saßen sie, umgeben von stark duftendem Lavendel, unter freiem Himmel und delektierten sich an dieser köstlichen Spezialität. Zum Abschied schenkte Monsieur Vaillant Verena ein Glas Lavendelhonig als Erinnerung an dieses ganz spezielle Frühstück.

Dann ging die Fahrt weiter nach "Saint Saturnin les Apt" zur Besichtigung der "Moulin Julien", einer Ölmühle, wo sie Olivenöl probierten und wenig später ließen sie sich über die Geheimnisse der Herstellung von Konfitüren und kandierten Früchten informieren.

Eine der vielen Arten der Verwendung von Lavendel ist das Destillieren. Was lag also näher als die Besichtigung einer Lavendel-Destillerie und das Verkosten dieser Produkte.

Allein die Fahrt war schon ein großes Vergnügen. Sie führte die Ausflügler an "Rustrel" mit seinen berühmten "Ockerfelsen" vorbei und weiter nach "Simiane-la-Rotonde", wo sie den prachtvollen Garten der "Abtei „L'Abbaye de Valsaintes" besichtigten.

Etwas weiter im Norden stärkten sie sich dann in einer Käserei mit dem Banon, einem typischen Käse aus der Region. Das ist ein Käse aus roher Ziegenmilch, der in Kastanienblätter eingewickelt ist.

"Der schmeckt ja köstlich", sagte Verena, *"so etwas habe ich noch nie gegessen!"*

"Das freut uns, ma chère", sagte Veronique und fügte hinzu: *"Geht es dir gut? Ist das nicht zu sehr anstrengend für dich?"*

"Keinesfalls!" sagte Verena, *"ich genieße das alles sehr!"*

Als sie am Abend zurück kamen, war Verena doch schon sehr erschöpft.

"Ich möchte mich gern ein bisschen ausruhen", sagte sie zu Sebastian und gab ihm einen Kuss.

"Soll ich mit dir kommen?" fragte er, aber Verena lehnte dankend ab.

Etwas später läutete das Telefon. Es war noch ein Modell mit Wählscheibe. Hier schienen die Uhren etwas langsamer zu gehen als in der Stadt. Veronique hob den Hörer ab, meldete sich und hielt kurz darauf den Hörer Sebastian hin.

"Eine Dorothée ist am Apparat!"

Sebastian hatte Dorothea für alle Fälle die Nummer der Pariser Wohnung und der Kanzlei von Jaques gegeben. Nachdem sie in der Wohnung angerufen hatte, aber sich niemand meldete, hat sie es über die Kanzlei versucht. Dort hat man ihr dann die Nummer von der Ferienwohnung in der Provence gegeben.

"Hallo, Dorothea!" sagte Sebastian, der nichts Gutes ahnte, *"was gibt es?"*

"Es tut mir leid, dass ich euch störe, aber Franziska geht es sehr schlecht!"

"Was heißt das - sehr schlecht?" fragte Sebastian.

Er hörte, dass Dorothea zu weinen begonnen hatte.

"Professor Wieland hat gesagt, dass es zu Ende mit Franziska geht!"

Ein Rauschen drang in Sebastians Ohren und es lag nicht an der Telefonleitung.

"Mein Gott!" presste er mühsam hervor, *"das ist ja furchtbar. Wie soll ich das nur Verena beibringen?"*

"Was werdet ihr jetzt tun?" fragte Dorothea, *"werdet ihr kommen?"*

In dieser Frage klang Hilflosigkeit und Angst mit und Sebastian beeilte sich zu sagen:

"Wir steigen morgen in den Flieger und sind spätestens am Nachmittag in Salzburg. Von dort fahren wir gleich weiter nach Ischl!"

"Danke, Sebastian! Wie geht es Verena?"

136

Obwohl Sebastian diese Frage nicht wirklich einordnen konnte, antwortete er:

"Sie ruht sich gerade ein wenig aus; aber sonst geht es ihr gut!"

"Das freut mich!" sagte Dorothea, *"grüße sie bitte recht lieb und auch deine Freunde!"*

"Danke, Dorothea! Bis morgen!"

Jaques und Veronique, die zugehört hatten, sahen Sebastian fragend an. Sie wussten von Franziska und hatten schon eine Vermutung.

"Das war die Schwester von Verena. Der Zustand von Franziska, der Mutter von den beiden, geht es sehr schlecht. Man muss mit dem Schlimmsten rechnen."

"Ich werde gleich einen Flug für euch buchen!" sagte Jaques, *"und ich werde euch natürlich morgen früh mit dem Auto nach Marseille fahren!"*

"Danke, Jaques!"

"Was ist denn los?" fragte Verena, die durch das lange Telefonat wach geworden war, aber nicht mitbekommen hatte, um was es ging.

"Doro hat gerade angerufen!"

Verena erschrak. *"Ist was mit Franzi?"*

"Es geht ihr nicht gut; wir sollen heimkommen!"

"Nein!"

Verena hatte es geradezu hinaus geschrien. *"Das darf nicht sein! Was habe ich nur getan, dass mich das Schicksal immer wieder bestraft? Warum darf ich nicht glücklich sein?"*

Sie fuhr mit dem Rollstuhl hinaus ins Freie. Sebastian wollte ihr folgen; aber Veronique hielt ihn zurück.

"Lass mich das machen!" sagte sie und folgte Verena nach draußen. Sie setzte sich neben Verena und legte ihren Arm um sie.

Ein heftiger Weinkrampf befiel Verena. Veronique drückte Verena fester an sich und sagte: *"Weine nur, chérie! Der Schmerz muss atmen, sonst erstickt er dich!"* Und dann wiegte sie Verena wie ein Kind und allmählich fand der Frieden wieder den Weg zurück in Verenas Seele.

Als Sebastian und Verena am nächsten Morgen im Flugzeug saßen, schaute Verena völlig apathisch beim Fenster hinaus. Sebastian hielt schweigend ihre Hand.

Am Abend zuvor war er sehr erleichtert, dass sich Veronique um Verena angenommen hatte. Sebastian wusste auch jetzt nicht so recht, wie er sich verhalten sollte und ein wenig schämte er sich dafür.

Das Flugzeug war pünktlich in Salzburg gelandet. Zu ihrer beider Überraschung wurden sie von Stephan abgeholt.

"Was machst du denn hier?" fragte Sebastian erstaunt.

"Ich habe mir gedacht, ich fahre euch gleich weiter nach Bad Ischl!" antwortet Stephan, *"so sparen wir Zeit!"*

"Das ist sehr lieb von dir, Stephan" sagte Verena, *"wir nehmen dein Angebot gerne an!"*

Die Fahrt verlief weitgehend schweigend.

"Wie geht es Isabella?" fragte Verena. Es war mehr ein Versuch das unerträgliche Schweigen zu durchbrechen als der Beginn einer Unterhaltung.

"Danke!" sagte Stephan, *"es geht ihr gut. Ich soll euch lieb grüßen und euch sagen, dass sie an euch denkt!"*

Verena dankte Stephan mit einem schwachen Lächeln, das er gar nicht wahrnehmen konnte, weil sich die Dämmerung anschickte den Tag in die Nacht zu begleiten.

Stephan hatte Dorothea die Abfahrt vom Flughafen telefonisch mitgeteilt und so war es nicht weiter verwunderlich, dass sie schon wartend in der Türe stand.

Sie eilte den Ankömmlingen entgegen und fiel ihrer Schwester - heftig weinend - um den Hals.

"Es tut mir so leid!" schluchzte sie, gerade so als wolle sie sich dafür entschuldigen, dass der Tod nicht gewartet hatte.

"Die Mamschi ist eingeschlafen!"

Dorothea sagte nicht, dass die Mutter gestorben sei, sondern eingeschlafen. Vielleicht dachte sie, so täte es Verena weniger weh.

Verena reagierte nicht gleich. Es war fast so, als hätte sie nicht verstanden, was ihr Dorothea gerade gesagt hatte.

"Können wir gleich ins Krankenhaus fahren?" sagte sie mit ruhiger Stimme. *"Ich möchte sie sehen!"*

Sebastian wollte etwas einwenden, von dem er nicht wusste, was es sein könnte und unterließ es daher.

Als sie das Zimmer betraten, in welchem Franziska aufgebahrt worden war, rollte sie ganz nah hin zu ihrer Mutter und sah ihr lange ins Gesicht.

Dann wendete sie ihren Kopf zu Dorothea und sagte: *"Wie ist sie gestorben? Warst du dabei?"*

Und Dorothea erzählt Verena, dass sie gerufen worden sei, als es mit Franziska zu Ende ging. Als sie vor ihrem Bett saß, hielt Franziska ihre Augen schon fest geschlossen und atmete schwer; so als würde sie sich sehr anstrengen müssen.

"Und dann geschah etwas Wunderbares!" sagte Dorothea weiter, *"Mamschi richtete sich auf, starrte in Richtung Zimmerdecke und sagte: „Freude!" Und ihr Gesicht strahlte so sehr dabei, als ob sie wirklich Freude empfinde. Und dann lehnte sie sich zurück, schloss die Augen und hörte auf zu atmen."*

Verena, welche die Worte ihrer Schwester regelrecht in sich aufgesogen hatte, umarmte Dorothea und sagte: *"Danke, Doro, dass du da warst und Franzi begleitet hast!"*

Sebastian, der die ganz Zeit über daneben gestanden hatte, verstand nicht, was da gerade passierte. Er verstand nicht, dass Verena so ruhig geblieben war. Er hatte große Angst gehabt vor diesem Moment; aber nichts war geschehen.

"Ich fahre jetzt wieder zurück nach Salzburg!" sagte Stephan etwas später zu Sebastian, *"möchtet ihr mitfahren?"*

"Ja, bitte!" sagte Verena zu Sebastians großer Überraschung, *"ich kann hier nicht bleiben!"*

Sie schaute zu ihrer erstaunten Schwester und bot ihr an mitzukommen, was diese aber ablehnte.

"Fahrt ihr nur; ich bleibe hier. Es gibt einiges zu erledigen und die Beerdigung muss ja schließlich auch vorbereitet werden!"

Dorothea vermittelte nicht den Eindruck, dass sie von Verena enttäuscht wäre, war aber erstaunt darüber, dass Verena überhaupt keine Gefühlsregung zeigte. So gesehen fand sie, dass die Entscheidung ihrer Schwester richtig gewesen sei.

Verenas Haltung änderte sich auch nicht in Salzburg. Als sie mit Sebastian am Abend auf der Terrasse saß, stellte sie ihm eine Frage, die ihn wie ein Blitz aus heiterem Himmel traf:

"Bedauerst du, dass wir keine Kinder zusammen haben werden?" Und bevor Sebastian dazu Stellung nehmen konnte, sagte Verena weiter: *"Du hättest keinen Krüppel zur Frau nehmen sollen!"*

Das war der berühmte Tropfen, der ein Fass zum überlaufen bringen kann. Und das tat er gerade.

"Was ist los mit dir?" fragte er in einem äußerst aufgeregten Ton. *"Du trauerst nicht, du weinst nicht, du sitzt nur da und zerfließt in Selbstmitleid! Und ich finde überhaupt nicht statt!"*

Verena, die ihren Basti noch nie zuvor so erlebt hatte, wollte etwas sagen, aber Sebastian ließ sie erst gar nicht zu Wort kommen.

"Die letzten Tage und Wochen war so wunderschön und wir waren beide glücklich. Aber das zählt jetzt alles nichts mehr. Das tut sehr weh!"

Sebastian stand auf und ging hinein. Verena saß in ihrem Rollstuhl und starrte ins Leere. Die Worte von Sebastian hatten Wirkung gezeigt.

Als er nach einiger Zeit nicht zurück gekommen war, wollte sie nach ihm schauen, konnte ihn aber nicht gleich finden.

Sebastian hatte sich schlafen gelegt. Er hatte einfach keine Lust mehr die Unterhaltung - wenn man das überhaupt so bezeichnen konnte - mit Verena fortzusetzen.

Verena hatte begriffen, was ihr Sebastian sagen wollte und sie bereute ihre unbedachten Worte. Sie kam ins Schlafzimmer und bewegte sich ganz nah zu ihm hin.

"Basti! Basti!" rief sie leise; aber Sebastian reagierte nicht. Er lag in seinem Bett und kehrte Verena den Rücken zu.

"Bast, Basti!" rief Verena wiederholt, *"bitte, hilf mir! Es tut mir leid. Ich kann mit Franzis Tod nicht umgehen!"*

Verena hatte zu weinen begonnen. Sie starrte auf Sebastian, der sich inzwischen zu ihr umgedreht hatte und streckte ihm ihre Hände entgegen.

"Bitte, bring mich ins Bett und dann halte mich ganz fest! Bitte, bitte, mein Liebling und verzeih mir!"

Verena saß mit entblößter Seele in ihrem Rollstuhl wie ein Häuflein Elend und die Tränen rannen über ihr Gesicht.

"Es ist gut, mein Herz! Bitte, beruhige dich; alles wird gut!"

Sebastian war aufgestanden und brachte seine geliebte Verena zu Bett; so wie er es jeden Tag machte und so wie er es wohl bis ans Ende aller Tage machen würde.

"Ich bin sehr froh, dass du mir deinen Schmerz zeigst. Es ist gut und richtig, dass du das tust!"

Verena nickte zustimmend und Sebastian hielt sie fest umschlungen.

"Wir werden das alle zusammen durchstehen. Dorothea, du und ich. Franziska würde das so wollen!"

Dann gab Sebastian seiner Liebsten einen Kuss, wünschte ihr eine gute Nacht und war sehr erleichtert, dass Verena ihn wieder in ihr Leben gelassen hatte.

Stephan und Isabella waren mit zur Beerdigung gekommen. Zu den Trauergästen zählte sonst nur noch die gesamte Familie Hauser. Ungeladene und unvermeidbare Gäste waren die obligaten "Berufs-Friedhofgeher", die darin eine willkommene Abwechslung ihres unspektakulären Alltags sahen.

Der Herr Pfarrer betete wieder aus seinem schlauen Buch die Liturgie herunter, die er ebenso wenig auswendig konnte wie die Trauungszeremonie und der Kirchenchor sang *"Näher mein Gott zu dir!"*

Dieses Lied hatte schon beim Untergang der Titanic einen durchschlagenden Erfolg und brachte auch jetzt wieder viele traurige Menschen zum Weinen.

Als der Sarg in die Erde abgesenkt wurde, erklang als weiteres Lied *"So nimm denn meine Hände!"* und erzielte den gleichen Effekt.

Die Hinterbliebenen nahmen in aller Höflichkeit die Beileidsbekundungen der Begräbnisteilnehmer entgegen, von denen sie die meisten gar nicht kannten und machten sich dann zum Leichenschmaus auf.

"Ich komme gleich nach!" sagte Verena, *"ich muss noch einmal in die Kirche zurück!"*

"Dann gehe ich mit dir!" sagte Sebastian.

"Nein, ich möchte kurz alleine sein. Warte bitte beim Auto auf mich, ich komme gleich!"

Verena fuhr mit dem Rollstuhl in die Kirche und dort zu einem kleinen Seitenaltar, auf welchem ein großes Holzkreuz mit einer Jesusskulptur stand.

Sie blickte eine lange Zeit in das Gesicht des Gekreuzigten und begann dann ihren Monolog:

"Du hast mir meinen Freund genommen, du hast mich in diesen Rollstuhl gesetzt und dann hast du meiner Mutter ihre Erinnerungen genommen. Das war alles sehr schlimm! Das waren die Gründe, warum ich mich von dir abgewendet habe.

Und dann hast du mir Sebastian geschickt und hast mich wieder glücklich werden lassen. Das war wunderschön! Und das war der Grund, warum ich mich dir wieder zugewendet habe.

Aber jetzt hast du mir meine Mutter genommen. Das tu sehr weh! Und das ist der Grund, warum ich dir nicht mehr vertrauen kann. Ich will nie wieder etwas mit dir zu tun haben!"

Als Verena diese Worte gesagt hatte, war ihr wesentlich leichter ums Herz. Es war ihr ein großes Bedürfnis Gott mitzuteilen, dass sie besser ohne ihn dran wäre und so sollte es künftig auch bleiben.

Sebastian fuhr mit Verena in das Lokal, wo der Leichenschmaus stattfand. Außer Oma Hauser waren alle da. Sie ließ sich entschuldigen, weil sie sich nicht wohlfühlte.

Verena sprach dem Alkohol in großem Maße zu, ohne dass das erkennbare Folgen hatte. Irgendwann bat sie dann Stephan zu einem Zweiaugengespräch.

"Du hast einmal gesagt, die Villa wäre eine gute Location für ein kleines, feines Restaurant und deshalb möchte ich dir einen Vorschlag machen!"

"Aha!" sagte Stephan, *"ich höre dir zu!"*

"Ich biete dir das untere Stockwerk zur Pacht an. Du kannst darin gerne schalten und walten, wie du möchtest. Der obere Stock bleibt als Wohnung unverändert. Hättest du Interesse daran?"

Stephan wurde von diesem Angebot völlig überrascht, fasste sich aber schnell und antwortete:

"Grundsätzlich schon! Ich würde aber schon einiges verändern wollen. Wärst du denn damit einverstanden?"

"Auf jeden Fall!" antwortete Verena, *"und über die Pacht würden wir uns ganz sicher einig werden!"*

"Was sagt Dorothea zu dieser Idee?"

"Nichts! Sie weiß es noch gar nicht!" antwortete Verena. *"Aber sie wird sicher damit einverstanden sein! Ihr Leben spielt sich in Paris, London, Mailand und sonst wo auf der Welt ab und ganz sicher nicht in Ischl!"*

"Was habt ihr zwei denn zu tuscheln?" fragte Dorothea, die inzwischen dazu gekommen war. Auch sie hatte dem Alkohol tüchtig zugesprochen; nur dass es bei ihr schon Wirkung zeigte.

Verena erzählte der Schwester von dem Angebot, welches sie gerade eben Stephan unterbreitet hatte, und Verena stimmte sofort bedingungslos zu.

"Na gut!" sagte Stephan, *"ich lasse es mir durch den Kopf gehen und werde euch dann Bescheid geben!"*

"Mich kannst du damit außen vor lassen", sagte Dorothea, *"mach das mit Verena ab und wenn es soweit ist, dann werde ich mit unterschreiben!"*

Sebastian fuhr nach dem Leichenschmaus mit Verena zurück nach Salzburg. Während der Fahrt fragte er sie, was der Inhalt ihres Gesprächs mit Stephan gewesen wäre und Verena erzählte ihm davon.

"Heißt das, dass wir künftig nur noch in Salzburg leben werden?" fragte er am Ende.

"Die meiste Zeit über schon!" antwortete Verena knapp.

Sebastian unterließ es Verena nach ihrem alleinigen Besuch in der Kirche zu befragen, obwohl es ihn interessiert hätte.

Seine Befürchtung war, dass Verena wieder in ihre alte Lethargie zurück verfallen könnte. Aber überraschender Weise, war das nicht der Fall.

Die" Fashion Week" in Mailand stand vor der Tür und Verena freute sich schon sehr darauf. Überhaupt war sie wie verwandelt. Sebastian hatte sich schon den Kopf zermartert, auf was das zurück zu führen sei, hatte aber keine Antwort darauf gefunden.

148

"Ich brauche unbedingt etwas zum Anziehen!"

Mit dieser wichtigen Mitteilung wartete Verena beim Frühstück auf. *"Ich werde Isabella fragen, ob sie mit mir shoppen geht!"*

"Mach das!" sagte Sebastian, *"und ich werde Stephan fragen, ob er mit mir eine Runde Golf spielen geht!"*

"Und später treffen wir uns zum Essen!" sagte Verena.

"Abgemacht!" sagte Sebastian, *"und kauf dir etwas Schönes, mein Liebling!"*

Sebastian hatte - auf Drängen von Stephan - erst vor kurzem mit dem Golfen angefangen. Genau genommen, war es nicht unbedingt seine große Passion. Und dennoch genoss er es, wenn er mit seinem Freund über den Platz ging.

"Heute werde ich dich schlagen, mein Lieber!" sagte Sebastian und Stephan antwortete: *"Noch nicht einmal, wenn ich mit dem linken Arm spiele!"*

Sebastian wusste natürlich, dass er gegen den Vereinsmeister des Golfclubs keine Chance hatte, aber an diesem Tag war ihm einfach nach Scherzen zumute.

Stephan, dem das auffiel, fragte ihn, warum er so gut gelaunt wäre.

"Wie du ja weißt, ist Verena gerade mit Isabella unterwegs die Boutiquen leer zu kaufen", sagte Sebastian, *"und es ist lange her, dass Verena wieder einmal von sich aus etwas unternimmt!"*

"Ich denke, das ist, weil ihr demnächst zu Dorothea nach Mailand fliegt!" sagte Stephan.

"Ja, auch!" antwortete Sebastian, *"aber das ist es nicht allein!"*

"Ich verstehe nicht so recht, was du meinst", sagte Stephan.

Und dann erzählte Sebastian seinem alten Freund, dass Verena nach dem Tod von Franziska wie verwandelt sei und dass es irgendwie mit ihrem Besuch in der Kirche zusammenhängen muss.

"Ich vermute, dass sie dort mit jemandem gesprochen hat!" schloss Sebastian seine Erklärung ab.

"Und wer könnte das sein?" fragte Stephan, *"vielleicht der Pfarrer?"*

"Das glaube ich nicht!" sagte Sebastian und darüber war er sich vollkommen sicher, *"der kommt am allerwenigsten in Frage!"*

"Und warum fragst du Verena nicht einfach?" war die naheliegende Frage, die Stephan stellte.

"Weil sie es mir nicht sagen würde!" war die Antwort von Sebastian.

*"Dann quäl dich nicht, mein Lieber und freue dich
ganz einfach, dass es Verena gut geht!"*

*"Du hast recht, Stephan! Ich mache mir viel zu
viele Gedanken!"*

*"So und jetzt konzentriere dich auf das Spiel, sonst
verlierst du am Ende noch!"* scherzte Stephan.

"Das tu ich doch so wie so!" antwortet Sebastian
lachend.

Als sie einige Tage später in Mailand aus dem
Flugzeug stiegen, waren Sebastian und Verena völlig
überrascht, dass sie von Dorothea abgeholt wurden.

"Hallo Barbie!" sagte Verena, *"schön dass du Zeit
hast deine kleine Schwester abzuholen! Hat dich dein
Karli endlich rausgeschmissen?"*

Dorothea ignorierte Verena und ging auf Sebastian
zu, um ihn zu umarmen.

*"Hallo, liebster Basti! Konntest du diesem häss-
lichen Vogel noch immer keine Manieren beibringen?"*

Und danach sagte sie zu Verena beiläufig: *"Hallo
Rollmops! Willkommen in Mailand!"*

Die beiden Schwestern umarmten einander mit
größter Herzlichkeit und die Freude des Wiedersehens
stand ihnen deutlich ins Gesicht geschrieben.

Die Suite im Hotel "Garabaldani" übertraf alle
Erwartungen.

"Das ist ja ein Wahnsinn!" sagte Verena, als sie
den Whirlpool sah, *"den müssen wir gleich
ausprobieren!"*

"Das ist eine gute Idee!" pflichtete Dorothea ihrer
Schwester bei und zu Sebastian gewandt: *"Schnell
raus aus den Klamotten und rein ins Vergnügen!"*

"Was?" fing Sebastian an zu stottern, *"ich soll
mich mit euch zwei in die Wanne setzen?"*

Die beiden Schwestern lachten aus Leibeskräften.
Es war ihnen wieder einmal gelungen Sebastian in die
Irre zu führen.

*"Es tut mir leid, lieber Schwager, dass ich dir die
Freude nicht machen kann; aber ich habe noch
wichtige Termine vor unserem gemeinsamen Abend-
essen!"*

Sebastian lächelte gequält. Die Vorstellung mit
Dorothea auf engstem Raum nackt in einer Wanne zu
sitzen, hatte ihm einen vorübergehenden Schock
versetzt.

"Ich hole euch gegen 19:00 Uhr ab", sagte
Dorothea und verließ die Suite.

*"Aber wir beide setzen uns jetzt schon in den
Pool!"* sagte Verena, *"und danach kuscheln wir ein
wenig!"*

Das Sexualleben von Sebastian und Verena verlief sehr schön und war für beide Teile erfüllend. Sebastian hatte am Anfang etwas Scheu davor, weil er nicht wusste, wie er mit der Behinderung von Verena umgehen sollte.

Dieses Problem, das nie wirklich eines war, löste sich jedoch von selbst. Verena vermittelte Sebastian vom ersten Mal an ein Gefühl der Normalität und sie führte Basti behutsam an ihre Behinderung heran.

Das Entspannen im Whirlpool tat Verena und Sebastian richtig gut und das Kuscheln hinterher vervollkommnete diese Erlebnis.

"Ich bin schon sehr auf morgen gespannt!" sagte Verena, *"ich werde meine große Schwester zum ersten Mal auf dem Laufsteg sehen!"*

"Und ich freue mich auf unseren heutigen Abend mit Doro", sagte Sebastian.

Als sie später das Restaurant betraten, führte sie der "Chef de rang" an den reservierten Tisch, an dem Dorothea bereits Platz genommen hatte.

"Darf ich euch meinen Karli vorstellen?" begrüßte sie die Ankömmlinge und verwies auf den kleinen Herrn am Tisch, der äußerst nervös mit einem Fächer vor seinem Gesicht herum wedelte.

"Karli, das sind meine Schwester Verena und ihr Ehemann Sebastian Reinhart!"

Der kleine Mann hatte seinen Fächer aus der Hand gelegt und war aufgestanden. Er blickte durch seine dunkle Brille zu Verena und säuselte: *"Ich bin entzückt Ihre Bekanntschaft zu machen, gnädige Frau!"*

Die Begrüßung wurde von einem vollendeten Handkuss begleitet. Dann wendete er sich zu Sebastian und lächelte.

"Bei Ihnen hätte es überhaupt keiner Vorstellung bedurft, mein Lieber. Es wird wohl wenige geben, die Sie nicht kennen! Meine Freude ist riesengroß den berühmten Künstler persönlich kennen lernen zu dürfen!"

Sebastian war dermaßen erstaunt, dass er gar nicht wusste, was er sagen sollte. Dorothea half ihm, indem sie sagte: *"Genug der Schmeicheleien! Setzt euch, ich habe Hunger!"*

"So ist Ihre Schwester", sagte der kleine Mann, *"immer direkt!"*

Das Mittel, um Dorotheas Hunger zu stillen, kam in Form eines "Caesar Salad".

"Das ist alles?" fragte Verena ihre Schwester ganz erstaunt.

Der Meister im schwarzen Zwirn gab Verena die Antwort: *"Weil „Püppi" morgen laufen muss, muss sie heute brav sein!"*

*"Hatte der Mann ihre Schwester gerade „Püppi"
genannt?"* fragte sich Verena und sah Dorothea
belustigt an. Dorothea hatte es bemerkt und blitzte mit
ihren Augen zu Verena hin, so als wolle sie sagen:
"Wage es ja nicht!"

Sebastian sah erst zu Verena hin und dann zu
Dorothea, die durch rasches Handeln versuchte die
Situation zu entschärfen.

*"Mein Karli hat noch eine große Überraschung für
euch parat!"* stieß sie hervor und blickte erwartungs-
voll zu ihrem Meister.

"In der Tat!" sagte Karli, nicht ohne einen gewissen Stolz vor sich herzutragen. *"Ich habe für Sie beide
Plätze in meiner Loge in der Scala reservieren
lassen!"*

Das war ein Paukenschlag. Dieser Mensch, der die
Dreistigkeit besaß Verenas große Schwester "Püppi"
zu nennen, besaß eine eigene Loge in der Mailänder
Scala.

"Ich hoffe, Sie mögen „La Bohème!" fügte er
süffisant hinzu, *"die Aufführung ist übermorgen
Abend!"*

Verena und Sebastian waren sprachlos. Sie schau-
ten wie zwei kleine Kinder, die gerade eben vom
Christkind beschenkt worden waren.

"Das ist ja zauberhaft!" sagte Verena, *"wir wissen
gar nicht, wie wir Ihnen danken können!"*

"Das ist auch gar nicht nötig!" sagte Karli gönnerhaft. "Sehen Sie es bitte als mein verspätetes Hochzeitsgeschenk!"

Es war noch nicht wirklich spät, als sich Dorothea und Karli verabschiedeten.

"Wir haben morgen einen anstrengenden Tag vor uns und wir brauchen unseren Schlaf!" sagte Dorothea und umarmte Verena und Sebastian. Der Gastgeber verabschiedete sich so, wie er seine Gäste begrüßt hatte, mit Handkuss und freundlichem Händedruck.

Dann machte er noch eine verbales Abschiedsgeschenk: "Bitte bleiben Sie noch und trinken Sie noch etwas! Die Rechnung geht selbstverständlich auf mich!"

Als Verena und Sebastian später im Bett lagen, fragte Sebastian: "Läuft da etwas zwischen den beiden?"

Verena lachte hell auf. "Das ist unwahrscheinlich", sagte sie, "da wärst schon eher du sein Typ!"

"Wieso weißt du das?" fragte Sebastian.

"Schwestern erzählen sich alles!"

"Und jetzt sei still und küss mich, mein Geliebter!"

"Darf es auch ein bisschen mehr sein, mein Goldstück?"

"Fang erst einmal an! Dann sehen wir weiter!"

Als sie am nächsten Morgen beim Frühstück saßen, klagte Verena über eine aufsteigende Übelkeit.

"Ich glaube, ich habe gestern etwas Schlechtes gegessen", sagte sie und begab sich zur Toilette.

"Kann ich dir helfen?" fragte Sebastian und schickte sich an aufzustehen.

"Nein, nein", sagte Verena, *"das geht schon. Fang du schon einmal mit dem Frühstück an, ich komme gleich wieder"*

Als Verena zurück kam, war ihr Gesicht von Blässe überzogen.

"Geht es wieder?" fragte Sebastian besorgt.

"Ja", antwortet Verena, *"ich habe mich übergeben und jetzt ist es mir leichter. Es war wohl doch das Essen."*

"Aber wir haben doch das gleiche gegessen", sagte Sebastian, *"und ich fühle mich gut!"*

"Du vergisst das „Mangoparfait mit Erdbeeren", sagte Verena, *"das habe ich alleine gegessen!"*

"Hauptsache, es geht dir wieder gut!" sagte Sebastian. *"Was wollen wir heute unternehmen?"*

"Ich habe mir gedacht, wir machen einen kleinen Bummel durch die Stadt", sagte Verena, *"und bevor wir zur Modenschau gehen, essen wir irgendwo eine Kleinigkeit!"*

"Das klingt gut! Und genauso machen wir das!" pflichtete Sebastian bei.

Mailands "Duomo" ist die größte gotische Kathedrale auf der Welt. Der Bau wurde 1386 begonnen und in jedem Jahrhundert wurde etwas hinzugefügt.

Verena und Sebastian hatten das Glück, dass sie an diesem Tag von hellem Sonnenschein begleitet wurden, denn dadurch funkelten die farbigen Fenster im Inneren wie ein Kaleidoskop.

In der unterirdischen, achteckigen Krypta liegt der "Heilige Carlo Borromeo" begraben, der sich für die Gegenreform eingesetzt hatte. In seinem Auftrag wurde auch das hölzerne Chorgestühl geschaffen und der "Nivola". Das ist ein Korb, in welchem zweimal im Jahr der Bischof hochgehievt wird, um einen Nagel aus dem Christus-Kreuz herunter zu holen. Das ist die wichtigste Reliquie im Mailänder Dom.

"Sollen wir eine Kerze für Franziska anzünden?"

Mit dieser Frage überraschte Sebastian Verena, die sich nicht wirklich wohl fühlte in diesem monströsen Gotteshaus.

"Mach du das bitte, Basti!" sagte Verena, *"ich brauche frische Luft! Ich warte vor dem Eingang auf dich!"*

Den wahren Grund, warum sie hinaus wollte, verschwieg Verena, zumal sich Sebastian mit ihrer Begründung zufrieden gab.

Nur eine knappe Viertelstunde Gehzeit vom Dom entfernt, im Dominikanerkloster „Santa Maria delle Grazie" befindet sich eines der berühmtesten Bilder der Welt. Leonardo da Vinci malte es für das Refektorium der angeschlossenen Kirche.

"Das Abendmahl", das vom Künstler auf trockenem Putz aufgetragen wurde, entging nur knapp seiner Zerstörung, als 1943 eine Bombe das Dach des Refektoriums zerstörte.

Als Verena und Sebastian davor standen, befiel sie ein leichter Schauer.

"Es ist atemberaubend schön!" sagte Verena und sie fragte sich wieder einmal, wie derselbe Gott, der ihr so viel Schlimmes auferlegt hatte, einem Menschen solch ein Talent schenken kann.

"Ich glaube, wir sollten jetzt eine Kleinigkeit essen gehen; es ist schon recht spät!" drängte Sebastian in Verenas Gedanken.

"Du hast recht!" sagte Verena, *"lass uns ein kleines Lokal suchen. Aber eines, wo man draußen sitzen kann!"*

Als sie sich - vor Beginn der Modenschau - im Foyer des "Teatro Milanese" befanden, entdeckte Sebastian ein großes Plakat mit dem Konterfei von Doro's Chef und Meister

"Ist das nicht unser gestriger Gastgeber und Gönner?" fragte Sebastian erstaunt.

"Ja, das ist er!" antwortet Verena.

"Und warum steht da „Charles Forestier"? fragte Sebastian weiter.

"Weil ein Modefürst, der etwas auf sich hält und aus der tiefsten Steiermark kommt, nicht einfach „Karl Förster" heißen kann!"

Sebastian musste lachen. *"Ist das wirklich wahr?"*

"Ja! Und ein gut behütetes Geheimnis noch dazu!"

"Sind Sie Herr und Frau Reinhart?" fragte eine nette, junge Dame.

"Ja!" sagte Sebastian, *"und wer sind Sie?"*

"Ich bin Sabine Keller, eine Freundin von Dorothea und ich soll Sie zu ihren Plätzen geleiten!"

Durch die Beschreibung von Verena mit ihrem Rollstuhl, hatte Sabine leichtes Spiel die Gesuchten ausfindig zu machen. Sie führte sie an ihre Plätze, ganz nah am Laufsteg.

Dann begann die Schau. Mehrere Models, sowohl weiblich als auch männlich, führten die Farben der Saison vor. Und dann schwebten die Kreationen des Meisters in allen möglichen Pastelltönen vorüber und das geladene Publikum bedachte sie mit "Oh's" und "Ah's".

Als Dorothea an Verena und Sebastian vorüber flanierte, würdigte sie die beiden keines Blickes. Ihre volle Konzentration galt allein ihrer Arbeit.

Am Ende der Vorführung erschien der Meister persönlich, um "Standing Ovation" entgegen zu nehmen. Er hielt rechts und links ein Model im Arm und eines davon war Dorothea. Und Verena war zum ersten Mal auf ihre große Schwester mächtig stolz.

"Wie hat es euch gefallen?" fragte Dorothea wenig später und sowohl Verena als auch Sebastian waren voll des Lobes für das wunderschöne Model.

"Für einen kleinen, auserwählten Kreis gibt es jetzt noch ein Buffet und Champagner!" sagte Dorothea.

"Wir müssen leider passen!" sagte Verena, *"es war wohl etwas zu viel. Ich bin todmüde und möchte nur noch ins Bett!"*

Obwohl sie nicht darüber gesprochen hatte, fügte Sebastian sofort hinzu: *"Du bist uns doch nicht böse, liebste Doro?"*

"Natürlich nicht!" antwortet Dorothea, *"aber morgen unternehmen wir etwas gemeinsam!"*

"Ganz bestimmt, Püppi!" sagte Verena, drehte ihren Rollstuhl um und fuhr eilig davon. Und Dorothea rief ihrer Schwester nach: *"Du bist ein böses, böses Mädchen! Warte nur, bis ich dich erwische!"*

Allein der Gedanke etwas zu essen, schlug Verena auf den Magen. Sie war heilfroh, dass sie gut im Hotel gelandet waren, denn kurze Zeit später musste sie sich wieder übergeben.

"Ich fürchte, es ist ein altes Leiden!" sagte sie zu Sebastian.

"Was meinst du damit?" fragte er.

Und dann erzählte Verena, dass sie nach ihrem Motorradunfall ein Magengeschwür bekommen habe, das operativ entfernt werden musste. Später habe sie immer wieder einmal Magenprobleme bekommen, die aber medikamentös behoben werden konnten.

"Dann sollten wir unbedingt morgen einen Arzt aufsuchen!" sagte Sebastian voll Sorge.

"Das machen wir ganz bestimmt nicht!" sagte Verena. *"Ich werde zu Dr. Moser gehen, wenn wir wieder zuhause sind!"*

"Dann holen wir morgen früh wenigstens etwas aus der Apotheke!"

"Das können wir machen!" sagte Verena und beendete damit das Gespräch.

"In der Lobby ist eine Dame, die zu Ihnen möchte!" kündete der Empfang Dorothea telefonisch an.

"Schicken Sie sie bitte herauf!" sagte Sebastian.

"Guten Morgen, meine Lieben! Habt ihr den gestrigen Tag gut überstanden?"

"Ich schon!" antwortete Sebastian, *"aber bei Verena dürfte das alte Problem mit ihrem Magen wieder aufgetreten sein!"*

Bevor Dorothea ihren erstaunten Blick in Worte kleiden konnte, sagte Verena:

"Du kennst das ja von früher! Ich besorge mir nachher etwas aus der Apotheke und dann geht das schon wieder!"

"Das können wir jetzt gleich machen", sagte Dorothea, *"wenn wir zu Karli fahren!"*

"Wieso Karli?" fragte Verena, *"was machen wir bei Karli?"*

"Der Meister will dich unbedingt sehen; er will dir ein Angebot machen!"

"Was für ein Angebot?" fragte Verena erstaunt.

"Das soll er dir selber sagen!" antwortete Dorothea und bedeutete Sebastian noch schnell, dass das eine reine Frauensache sei und dass seine Anwe-

senheit nur stören würde. Und außerdem wolle sie mit Verena hinterher noch shoppen gehen.

Dann gab sie ihrem Schwager einen Kuss auf die Wange und sagte: *"Wir treffen uns dann zum Mittagessen!"*

Sebastian dachte erst gar nicht an Gegenwehr und fügte sich brav mit einem: *"Dann habt viel Spaß!"*

Als Dorothea mit Verena im Auto saß, fragte sie ihre Schwester: *"Was war das vorhin für eine Geschichte mit dem Magengeschwür?"*

Verena tat, als hätte sie die Frage nicht verstanden, was ihr jedoch nichts nützte; denn Dorothea insistierte weiter, bis sie eine Antwort bekam.

"Es könnte sein, dass ich schwanger bin!"

"Was?" entfuhr es Dorothea laut, *"du bist schwanger?"*

"Ich habe gesagt, dass es sein könnte, nicht dass es so ist!" bremste Dorothea ihre Schwester.

"Und warum hast du Basti diesen Blödsinn mit deinem Magen erzählt?"

"Weil ich Angst davor habe, dass ich mir das nur einbilde. Du weißt, dass die Ärzte mir nach dem Unfall gesagt haben, dass ich keine Kinder mehr haben könnte!"

"Da hilft nur ein Schwangerschaftstest! Wir gehen sofort in die nächste Apotheke und kaufen uns so ein Ding!"

Der Test verlief positiv. Verena konnte mit größter Wahrscheinlichkeit davon ausgehen, dass sie ein Kind bekommen würde.

"Kein Wort davon zu Basti! Versprich mir das!"

Dorothea gab ihrer Schwester das Versprechen, fragte aber nach dem "Warum".

"Weil ich mir in Salzburg erst Gewissheit verschaffen möchte!"

Meister Karli empfing Verena mit einer völlig verrückten Idee:

"Liebste Verena - ich darf Sie doch so nennen - was halten Sie davon, wenn ich aus Ihnen ein Model mache?"

"Wie bitte?" fragte Verena total überrascht, *"ich muss mich wohl verhört haben!"*

"Nein, meine Liebe", antwortete Karli, *"Sie haben sich absolut nicht verhört!"*

Und dann erklärte er Verena, dass sie ihn inspiriert habe eine "Handicap-Line" zu kreieren und sie solle sein erstes Model sein, das seine Schöpfungen vorführen würde.

Verena musste diese Neuigkeit erst einmal sacken lassen, bevor sie etwas dazu sagen konnte.

"Wäre ich denn überhaupt dazu geeignet?" fragte sie etwas zögerlich. Sie musste sich eingestehen, dass der Gedanke ein Model zu sein wie ihre große Schwester durchaus verlockend war.

"Und ob!" triumphierte Karli, *"Sie haben ein schönes Gesicht und eine tolle Figur!"*

Fast hätte Karli Verena schon soweit gehabt, da besann sich Verena darauf, dass sie ja eventuell Mutterfreuden entgegen sah.

Aber sich total von dem Gedanken einer Model-Karriere zu verabschieden wollte sie auch nicht.

"Ich werde mir das durch den Kopf gehen lassen!" antwortete sie und ließ sich damit zumindest ein kleines Hintertürchen offen.

"Ich habe etwas als kleinen Anreiz für Sie", sagte Karli und zauberte ein Kleid hervor. Es war aus dunkelgrüner Seide mit langen, schmalen Ärmeln und einem atemberaubenden Dekolleté.

"Es ist die perfekte Garderobe für die Oper", ergänzte er und fügte noch hinzu: *"Die passende Kette kann Ihnen Ihr Gatte noch schnell besorgen. Das dürfte in Mailand kein Problem sein!"*

"Woher kennen Sie meine Maße?" fragte Verena, die ihren Blick nicht von der kostbaren Robe wenden konnte.

"Wollen Sie mich beleidigen?" fragte Karli in einem spöttischen Tonfall, *"wer in meinem Metier die Maße einer Frau nicht mit einem Blick erfassen kann, taugt nichts!"*

Verena bedankte sich überschwänglich und fragte beim Verabschieden: *"Werden Sie am Abend auch zugegen sein?"*

"Aber natürlich!" antwortete Karli, *"ich muss Sie doch bewundern in diesem Kleid!"*

"Hab ich dir schon gesagt, dass ich am Abend ebenfalls zugegen sein werde, meine Liebe?" sagte Dorothea auf spitzbübische Art und beide lachten aus vollem Herzen.

"Ich glaube es nicht!" sagte Dorothea weiter, *"eine „Handicap-Line" und meine kleine Schwester als Model. So ein alter Fuchs!"*

"Sag bloß, du wusstest das nicht!" sagte Verena und Dorothea antwortete: *"Er hat mir kein Wort davon gesagt."*

Als die beiden Schwestern einige Zeit später mit Sebastian beim Essen saßen, erzählte Verena ihm von dem Gespräch mit Karli und dem tollen Kleid.

"Du musst mit Verena zum Juwelier gehen; sie braucht unbedingt eine Halskette zu dem Kleid!" sagte Dorothea zu Sebastian.

"Nein, nein!" protestierte Verena, *"das ist überhaupt nicht nötig. Ich werde sicher etwas Passendes in meinen Schmucksachen finden!"*

"Doro hat recht!" sagte Sebastian, *"ich hatte sowieso vor dir ein schönes Schmuckstück zu kaufen. Ich hatte zwar an einen Ring gedacht; aber es kann auch eine schöne Halskette sein!"*

"Oder vielleicht auch beides!" konnte sich Dorothea nicht verkneifen zu sagen.

"Du bist wirklich schrecklich!" sagte Verena zu Dorothea und sah sie dabei vorwurfsvoll an.

Dann war es endlich soweit. Sie saßen - zusammen mit Dorothea und Karli - in der Loge von "Charles Forestier", vulgo "Karli Förster" und genossen einen unbeschreiblichen Opernabend.

Die Musik von Giacomo Puccini führte die Besucher in eine andere Welt. Die unglücklich Liebenden Rodolfo und Mimi waren mit den Weltstars "Anastasia Lukavenko" und "Pietro Amaretti" auf höchstem Niveau besetzt.

Von "Che gelida manina" (wie eiskalt ist dies Händchen) bis hin zur Arie "Sono andati? Fingevo di dormire..." (Sind sie gegangen? Ich gab vor zu schlafen...) wurde ein musikalischer Bogen gespannt, der die Zuschauer voll in seinen Bann zog.

Sebastian fiel auf, dass beide Damen ihren Tränen freien Lauf ließen und war etwas überrascht, in welcher Intension das geschah. Sicher, die Geschichte war schon recht traurig; aber es war doch nur eine Geschichte...

Was er zu diesem Zeitpunkt jedoch nicht wissen konnte, war die Tatsache, dass eine der Damen bald Mutter und die andere bald Tante werden sollte. Und diese Aussicht, in Verbindung mit so viel Unglück auf der Bühne, verursachte diese heftige Hormonschwankung bei den Damen.

Als sie später im Restaurant saßen, um den Abend ausklingen zu lassen, sagte Karli zu Sebastian:

"Ich beglückwünsche Sie zu Ihrer zauberhaften Frau!" und zu Verena sagte er: *"Sie waren die Königin des Abends!"*

Und wirklich: Verena war in ihrem wunderschönen Kleid und der geschmackvollen Halskette, die ihr Sebastian gekauft hatte, eine Augenweide. Und dass sie in einem Rollstuhl saß, war völlig bedeutungslos.

Gleich nach der Rückkehr nach Salzburg, ging Verena zum Arzt, um dort die Gewissheit zu erhalten, ob sie wirklich schwanger sei.

"Habe ich eine echte Chance, dass ich ein gesundes Kind zur Welt bringen werde?" fragte sie den Arzt.

"Wieso fragen Sie mich das?" gab der Arzt erstaunt zur Antwort.

Und Verena erzählte ihm von der Diagnose, die man ihr vor vielen Jahren gemacht hatte.

"Ich weiß nicht, was die Kollegen damals zu dieser Diagnose geführt hat", sagte er, *"ich kann Ihnen nur sagen, dass sowohl Ihrer Schwangerschaft als auch der darauf folgenden Geburt nichts entgegen steht!"*

Verena empfand ein großes Gefühl von Glück und Erleichterung und sie freute sich schon sehr, ihrem Basti endlich davon erzählen zu können.

Als sie am Abend mit Sebastian zusammen saß, konnte sie es kaum erwarten ihm zu sagen dass er Vaterfreuden entgegen sah.

Sebastian vernahm die Botschaft regungslos. Er schaute Verena nur an ohne ein Wort zu sagen.

"Freust du dich denn gar nicht?" fragte sie Sebastian und sie hatte große Mühe ihre Enttäuschung zu verbergen.

Sebastian begann zu weinen. Er zitterte am ganzen Körper. Sein Weinen ging in ein Schluchzen über und dann stammelte er:

"Wir bekommen wirklich ein Baby? Mein Gott, Verena; ist das wahr? Das ist so ein wunderbares Geschenk für uns beide!"

Verena, die sich inzwischen dem Weinen Sebastians angeschlossen hatte, sagte darauf:

"Willst du mich denn nicht umarmen, du künftiger Papa?"

Sebastian kniete vor Verena, umschlang sie mit seinen Armen und bedeckte ihr Gesicht mit unzähligen Küssen.

"Ich liebe dich, ich liebe dich so sehr und ich bin unbeschreiblich glücklich, weil ich weiß, dass jetzt alles gut wird!"

Verena hatte ihren Basti verstanden. Ihr wurde in diesem Moment bewusst, wie sehr er unter ihrer Wesensänderung gelitten haben musste.

"Kannst du mir verzeihen?" sagte sie, *"es tut mir leid!"*

Sebastian legte seinen Finger auf Verenas Mund und sagte: *"Sei still, mein Engel! Sei still und küsse mich!"*

Die Schwangerschaft verlief problemlos und auf den Tag genau - zum vorher berechneten Zeitpunkt - kam ein Junge auf die Welt, der auf den Namen "Franz, Basti, Stephan Reinhart" getauft wurde.

Dorothea war eine der Taufpaten. Der zweite Taufpate war Stephan und der eröffnete kurz davor in der ehemaligen "Villa Aurora" das "Bistro Verena".

Als die kleine Festgesellschaft nach der Taufe die Kirche verlassen hatte, bat Verena wieder, man möge schon zum Bistro voraus gehen; sie würde gleich nachkommen.

Zu Sebastian sagte sie: *"Begleite mich noch einmal hinein in die Kirche. Ich habe etwas zu erledigen und ich möchte gern, dass du dabei bist!"*

Und dann ging sie wieder - wie damals nach dem Gottesdienst anlässlich von Franzis Beerdigung - zu dem kleinen Seitenaltar, auf dem das Holzkreuz stand. Dort bekreuzigte sie sich und begann ihren Monolog:

"Du kannst dich sicher erinnern, was ich dir vor einiger Zeit gesagt habe. Zu meiner Entschuldigung kann ich nur vorbringen, dass ich damals mental sehr aufgewühlt war. Ich weiß, dass mein Verhalten unverzeihlich ist; aber steht nicht in deinem schlauen Buch: „ Einen einzigen reuigen Sünder liebt Gott mehr als 99 Gerechte!" Und glaube mir bitte; ich bereue meine Worte aus tiefstem Herzen! Daher mein Vorschlag: Du gibst mir bitte eine zweite Chance und wir probieren es noch einmal miteinander!"

Danach bekreuzigte sich Verena noch einmal, drehte sich zu Sebastian um, der mit offenem Mund hinter ihr gestanden war und sagte: *"Komm, mein Liebling, lass uns zu den anderen gehen!"*